Der Code des Lebens

Edition BOD

Über das Buch:

Hauptkommissar Horst Lorentzen und seine junge Kollegin Kathrin van Busche ermitteln in einem Mordfall. Eine Goldschmiedin ist bestialisch ermordet worden. Hatte es der Mörder auf Gold und Diamanten abgesehen? Die Polizisten verdächtigen zunächst zwei Mitarbeiter der Goldschmiede am Holstentörn. Eine weitere Spur führt die Beamten nach Plön. Plötzlich bricht ein Mann in die Wohnung der Toten ein. Was hat er dort gesucht? Ist er der Mörder?

Über den Autor:

Rüdiger Fröhlich wurde 1968 in Hamburg geboren. Er studierte in Kiel Sportwissenschaften, Pädagogik und Psychologie und arbeitet heute als Journalist in Darmstadt. „Der Code des Lebens" ist sein erster Kriminalroman.

Rüdiger Fröhlich

Der Code des Lebens

Ein Kiel-Krimi

Edition BOD

Bibliografische Information der Deutschen Bibliothek:
Die Deutsche Bibliothek verzeichnet diese Publikation in der Deutschen Nationalbibliografie;
detaillierte Daten sind im Internet über
<http://dnb.ddb.de> abrufbar.

Herstellung und Verlag: Books on Demand GmbH, Norderstedt
ISBN 3-8334-3226-8

Inhalt

Der erste Fall von Kathrin van Busche

Dienstag, 16. März in der Kieler Innenstadt

Juliane Schlichting schloss die Tür zur »Goldschmiede am Holstentörn« in der Kieler Innenstadt auf und genoss die ersten Sonnenstrahlen des Tages. Ihre braunen Augen leuchteten, als sie in der Werkstatt hinter dem Verkaufsraum »ihre« Platin-Eheringe sah. »Die beiden Schätze nehme ich heute mit nach Hause! Schließlich ist Anfang April schon die Hochzeit«, dachte sich die junge Goldschmiedin, die ihre langen braunen Haare ganz offen trug. »Momentan komme ich eh nicht dazu – ich muss Verkauf machen.« Sie stellte in der Werkstatt den Wasserkocher für ihren Melissentee mit Orange-Vanille-Geschmack an, machte im zentralen Verkaufsraum Licht und schaltete außen die Leuchtreklame mit dem schön geschwungenen Schriftzug »Goldschmiede am Holstentörn« ein. Den kleinen, schmucken Büro- und Besprechungsraum ließ Juliane Schlichting im Dunkeln und verschlossen, da heute der Boss nicht da war. »Was für ein herrlicher Tag!«

»Schon 8.51 Uhr!« Kommissarin Kathrin van Busche war wieder einmal spät dran. Sie raste mit ihrem blauen Rennrad zur Bäckerei »Steiskal« in der Feldstraße und kaufte drei Croissants. Eines aß sie sofort auf, die anderen beiden waren fürs Frühstück in der Wache in Holtenau vorgesehen. Mit 27 Jahren war sie die jüngste Kommissarin in Kiel. Die Sonne schien, nur ein paar Schönwetterwolken zogen vereinzelt am knallblauen Himmel vorbei. Kathrin nahm einen Umweg, sie bog in die Wrangelstraße ein und fuhr erneut an ihrer Wohnung vorbei, radelte dann den Forstweg, die Esmarch- und die Moltkestraße hinunter zur Villengegend am Niemannsweg. Gestern Abend hatte Kathrin im »Schleswig-Holstein-Magazin« einen Bericht über die Rückkehr des Segelschulschiffes »Gorch Fock« gesehen. Sie fuhr an dem Studentenwohnheim vorbei, erreichte die Lindenallee und sah die noble Augenklinik Bellevue von Professor Uthoff sowie das

Maritim-Hotel, die beide traumhaft schön am Düsternbrooker Gehölz im Grünen lagen. Auf dem gepflasterten Weg am Hindenburgufer kamen Kathrin zwei junge Pärchen auf Inline-Skates entgegen, die sich über die Sonnenstrahlen und die frische Seebrise an der Kieler Förde freuten.

An der Scheermole lag sie dann: Die weißen Segel waren gerafft, das weiße Boot mit goldenen Masten und der goldenen Galionsfigur, dem Albatros. »Ist das klasse! Ich liebe die Gorch Fock und ich liebe den Norden«, fand Kathrin. Bei dem NDR-Beitrag war sie zu Tränen gerührt gewesen: Die Frauen und Kinder enterten die Dreimastbark, umarmten ihre Liebsten und begrüßten sie mit stürmischen Küssen. Fast vier Monate war der Großsegler der deutschen Marine unterwegs, 6410 Seemeilen hatte Kommandant Michael Brühn mit seiner Mannschaft zurückgelegt. Vom Heimathafen Kiel führte die Reise über Potimao in Portugal, Palma de Mallorca und Tanger in Marokko schließlich ins spanische Arrecife. Kathrin stand mit ihrer teuren Rennmaschine der Marke Koga-Miyata an einem Abgrenzungsgitter an der Südmole des Scheerhafens und schaute mit ihren dunkelbraunen Augen verträumt zum 89,32 Meter langen Schiff. Zwei Offiziersanwärter bewachten die Gorch Fock, auf einer Metallstange eines Gitters saß eine Möwe. Der Dreimaster hatte auf seiner Reise diesmal auch nicht seinen Albatros verloren. Der Vogel war extra aus kohlefaserverstärktem Kunststoff hergestellt worden – einem Material, das auch in der Raumfahrt und in der Formel 1 eingesetzt wird. Die letzten beiden Galionsfiguren aus Holz waren in schwerer See aus der Verankerung gerissen worden und gingen verloren.

Juliane Schlichting musste laut loslachen. Zum Glück war im Juweliersladen noch nichts los – auch Marje und Christina waren noch nicht da! Sie hatte sich den Melissentee und das schnurlose Telefon aus der Werkstatt geholt und sprach mit ihrem Vater. »Das hast du wirklich gemacht?«, fragte sie lachend. »Ja, klar«, antwortete er selbstbewusst. »In kurzer Sporthose?« »Ja, echt – du hättest sehen sollen, wie die geguckt haben!« Die Tür-Glocke läutete. Ein Geschäftsmann im dunklen Anzug mit roter Krawatte kam in die Goldschmiede. »Tut mir leid, Papa. Ich muss aufhören. Kundschaft! Ich rufe heute Abend noch mal an.« Juliane Schlichting widmete sich dem Kunden, der sich für »irgendwas Schönes zum 50. Geburtstag seiner Frau« interessierte, und dachte sich immer noch schmunzelnd: »Direkt nach dem Joggen zum Bankdirektor - Mann, habe ich einen durch geknallten Daddy!«

Es war schon 9.27 Uhr. Kathrin van Busche musste sich beeilen. Sie hatte gerade in Kiel ihre Kommissarsausbildung absolviert und war seit dem 1. März für die Wache in Holtenau zuständig. Um 10.00 Uhr hatte Kathrin ihr erstes Verhör – es ging um ein Verkehrsdelikt in Achterwehr. Sie schwang sich aufs Fahrrad, trat ordentlich in die Pedale und sauste via Hindenburgufer, Prinz-Heinrich-Straße und Schleusenstraße hinunter zur kleinen Personenfähre über den Nord-Ostsee-Kanal.

Die »Adler I« stand direkt zur Überfahrt bereit. Der Kapitän, ein Mann mit grauem Vollbart, grüßte freundlich aus seinem signalroten Ausguck. Die Kommissarin grüßte zurück, schob ihr Rad zügig auf die grün-weiße Fähre und genoss die kurze Schiffstour an der frischen Luft. Auf dem Kanal umschiffte der Kapitän geschickt einen Öltanker, die ARINA aus Bratislava. Nach der Überfahrt radelte Kathrin die paar Meter an der Kanalstraße entlang zu »ihrer« Wache. Sie befand sich im Erdgeschoss eines normalen Wohnhauses. Es war ein kleines gemütliches, rotes Backsteinhäuschen direkt an der Kanalstraße. Nur das winzige grün-weiße Schild mit der Aufschrift »Polizei« rechts über der Eingangstür verriet, wo man sich befand. Die Polizeibeamtin öffnete die Tür der Wache, stellte als erstes die Kaffeemaschine an und startete ihren Computer. Es war 9.51 Uhr – gerade noch pünktlich!

Kurz darauf stand bereits Anja Gerber in der Polizeiwache. Die junge Zahnarzthelferin war lang und dürr, hatte kurze schwarze Zöpfe und faszinierende, grüne Augen. »Ob die wohl echt sind?«, fragte sich Kathrin. Bestimmt waren es farbige Kontaktlinsen! Oder doch nicht? Anja Gerber wurde vorgeworfen, dass sie in der Straße Am Weiher in Achterwehr die Höchstgeschwindigkeit um 9 km/h innerhalb geschlossener Ortschaften überschritten hatte. Es ging um ein Bußgeld in Höhe von 15 Euro. Sie stritt die Tat jedoch ab und hatte Widerspruch eingelegt. Daraufhin wurde die Angelegenheit an die Polizei in Holtenau weitergeleitet und Anja Gerber bei Kommissarin van Busche zum Verhör vorgeladen.

Kathrin holte ihre Akte aus ihrem Schreibtisch hervor und zückte sofort ihr Trumpf-Ass, das Beweisfoto: »Sind Sie das auf dem Bild?«, fragte die Kommissarin. Eindeutig waren auf dem Foto der Verkehrskontrolle das Nummernschild des blauen Opel Corsa KI-AG-249 sowie das Gesicht und die schwarzen Zöpfe der Zahnarzthelferin zu erkennen.

»Ja, das bin ich«, meinte Anja Gerber. »Aber bestimmt nicht zu der angegebenen Zeit! Da war ich nämlich hier in Holtenau. Das können mein Chef und meine Kolleginnen bezeugen.« Kathrin war verwundert und fragte nach: »Also geben Sie zu, dass Sie in Achterwehr zu schnell gefahren sind!« »Das kann schon sein. Aber das Messgerät spinnt. Am 21. Februar um 14.27 Uhr war ich in unserer Praxis!« Die blonde Polizeibeamtin grübelte, stellte aber fest, dass der 21. Januar ein ganz normaler Arbeitstag war. Hatte Anja Gerber also Recht? »Vielleicht hat das Mistgerät ja auch noch die Geschwindigkeit falsch gemessen«, schimpfte die Zahnarzthelferin weiter. »Und nun werde ich vorgeladen wie ein Verbrecher!«

Die Kommissarin glaubte der aufgebrachten Frau. Höchstwahrscheinlich war sie zwar zu schnell durch Achterwehr gebraust, aber eben nicht zu dem Zeitpunkt! Und was für einen Aufwand die Gemeinde um die paar Euro macht! Kathrin holte zwei Formulare heraus, auf denen Anja Gerber ihre Aussagen bezeugen musste. Eines für ihre Unterlagen, eines für die Gemeinde Achterwehr. Nach genauem Abstimmen der Formulierungen unterschrieb Anja Gerber schließlich die Formulare. »Ich glaube, die Angelegenheit hat sich damit erledigt«, sagte Kathrin van Busche und verabschiedete sich von der Zahnarzthelferin.

In der »Goldschmiede am Holstentörn« herrschte eine gelöste Atmosphäre. Juliane Schlichting hatte dem Geschäftsmann am Morgen ein Smaragd-Brillant-Armband für 1299 Euro und eine dazu passende Smaragd-Zuchtperl-Brosche für 279 Euro verkauft. Ihre Kollegin Marje Andresen konnte einer elegant gekleideten Dame mit Hut einen Goldring mit Saphir für 159 Euro »andrehen« und eine Studentin in Ökoklamotten entschied sich für ein Powerarmband mit Halbopalen für 44,90 Euro. »Wenn der Alte nicht da ist, läuft der Laden einfach besser«, meinte Marje mit einem schelmischen Lächeln auf ihren Lippen. Die Auszubildende Christina Roth kam aus dem Sophienhof zurück – sie hatte für die Mittagspause frisch belegte Ciabatta-Brötchen mitgebracht. Die drei bestens gelaunten Frauen machten es sich in der Werkstatt gemütlich, tranken Melissentee und genossen die Brötchen, die mit Tomaten und Mozarella belegt waren. Auch am Nachmittag sorgten die Mädels noch für guten Umsatz: Ein sympathisches Liebespaar im mittleren Alter bestellte Ringe in Weißgold inklusive Eingravierung ihrer Vornamen »Hannes« und »Britta« und ein junger Mann in grauem Anzug kaufte eine Designer-

Uhr »Max Bill« von Junghans für 429 Euro. »Voll der ätzende Schnösel«, meinte Marje. »Aber Hauptsache die Kohle stimmt!« Juliane machte bereits kurz vor 16.00 Uhr Feierabend und nahm noch die beiden Platin-Eheringe für die Hochzeit im April mit zu sich nach Hause.

»Jetzt ein feines Hoegaarden«, dachte sich Kathrin. Es war inzwischen 18.34 Uhr und die Kommissarin freute sich auf ihr Feierabend-Weizen. Die Sonne schien durch das kleine Fenster in der Wache und im Kühlschrank zu Hause lagen noch zwei, drei 0,25-Liter-Fläschchen des belgischen Biers. Sie schaute durchs Fenster auf die Förde. Ein Segelschiff – der Zweimastschoner »Zuiderzee« – lag am Tiessenkai vor dem Kanalpackhaus. Der Himmel war klar und blau, auf dem Wasser der Förde spiegelten sich die Sonnenstrahlen. Auf dem Heimweg kam sie ja auch noch an der Forstbaumschule vorbei, einem herrlichen Ort für ein bisschen Erholung und Träumerei. »Schade, dass ich jetzt nicht einfach mal Johann anrufen und mich spontan mit ihm treffen kann. Zu zweit ein Bierchen im Grünen genießen ist einfach doppelt so schön.«

Von der kleinen Polizeiwache in der Kanalstraße hatte die Polizistin nicht nur die Förde, sondern auch den endenden Nord-Ostsee-Kanal im Blick. Aus der Holtenauer Schleuse fuhr das Containerschiff »Kalina« in Richtung Ostsee hinaus. Kathrin fuhr ihren Computer hinunter und legte die Akte der Verkehrssünderin Gerber auf die Ablage. Plötzlich klingelte das Telefon: »Frau van Busche, kommen Sie bitte sofort in die Jägerallee 18. Eine junge Frau ist tot aufgefunden worden – vermutlich handelt es sich um Mord!«, sagte Hauptkommissar Horst Lorentzen mit seiner klaren Stimme. Der Puls von Kathrin schoss in die Höhe und doch schaltete sie sofort. »Jägerallee – hier in Kiel-Holtenau – führt direkt auf die Kanalstraße - in Höhe von der kleinen Fähre.« Obwohl die Jägerallee nur fünf Minuten zu Fuß entfernt war, nahm Kathrin van Busche den Dienstwagen und schmiss sofort das Blaulicht an.

Am Tatort war noch nichts zu sehen. Weder Hauptkommissar Lorentzen noch die Kollegen von der Spurensicherung. Es handelte sich um ein rotes Backsteinhaus mit mehreren Wohnungen, die Haustür war nicht verschlossen. »Sie haben sie umgebracht! Alles ist voll Blut! Mitten hier bei uns! Kommen Sie schnell!«, schrie ein alter Mann panisch im Hausflur. Er zerrte die Polizeibeamtin in den dritten Stock. Die linke Wohnungstür stand offen. »Vielen Dank. Gehen Sie bitte sofort zurück in Ihre Wohnung und bleiben sie ruhig. Wir kümmern uns um alles. Wir werden Sie später befragen, Herr…?« »Jensen, Horst Jensen. Ich wohne im ersten Stock.« Der alte Mann ging langsam, aber immer noch sichtlich geschockt den Hausflur hinunter. Als die junge Kommissarin die Wohnungstür aufmachte, sah sie sofort das Bild des Schreckens: Im Wohnungsflur lag eine junge attraktive braunhaarige Frau - mitten in einer riesigen Blutlache! Der Mord kann noch nicht lange her sein, der Täter nicht weit. Die Gedanken rasten ihr durch den Kopf. Ist der Killer noch in der Wohnung? Wo bleibt die Verstärkung?

Kathrin zog mit ihrer rechten Hand ihre Pistole – den Lauf gen Boden gerichtet. Mit der linken griff sie ihr Handy und wählte die Nummer von Lorentzen. »Hallo Chef, ich bin jetzt in der Wohnung. Die Frau ist brutal niedergestochen worden. Der Täter kann noch nicht weit sein. Bitte sämtliche Zufahrtswege Richtung Holtenau abriegeln - Verdächtige überprüfen. Auch an die kleine Fähre denken!« Sie wartete nicht die Antwort des Hauptkommissars ab und legte sofort auf.

Die braune Tür stand weiterhin halb offen. Die Polizistin trat in die Wohnung hinein – drei weitere Türen gingen von dem Flur ab. Die rechte war offen, sie schien in die Küche zu führen. Die mittlere und die linke waren verschlossen. Kathrin entschied sich sofort und ohne zu zweifeln für die Mitte. Sie schritt mutig seitlich an der Leiche vorbei, stieß die Tür auf, die Waffe inzwischen fest in beiden Händen – immer noch in Richtung Fußboden gerichtet. »Damit man zumindest in die Beine trifft und nicht – den Lauf nach oben gerichtet - in die Decke schießt, wie es in zweitklassigen Krimis zu sehen ist.« So hatte ihr Ausbilder es ihr beigebracht. Kathrins Blick analysierte den Raum: Sofa, Tisch mit vier Stühlen. Sie drehte sich nach rechts: Fernseher, kleines Regal für Schmuckgegenstände, Fenster, sonst nichts. Blitzschnell wandte sich die Kommissarin um, das schreckliche Blutbad erneut vor Augen. Von der Küche schien ihr aus irgendeinem Grund keine Gefahr aus zu gehen. Was war mit dem letzten Zimmer? Ist er darin? Wieso eigentlich er? Vielleicht ist es eine brutale Mörderin? Auf einmal waren Polizeisirenen zu hören.

»Endlich – die Verstärkung ist da!« Kathrin war erleichtert – sie blieb daraufhin bewegungslos stehen und zielte mit ihrer Pistole auf die »Killer-Tür«. Zwei Polizeibeamte erreichten den Wohnungsflur. Sie sahen die blutüberströmte Leiche und dann die voll konzentrierte Kommissarin mit ihrer Waffe. Unverzüglich zogen beide ebenfalls ihre Revolver. Der deutlich jüngere der Kollegen gab ihr ein Zeichen – dann stürmte er in

James-Bond-Manier den Raum. Kathrin reagierte sofort, ging hinterher und sicherte ihn ab: Der Polizeibeamte drückte die Klinke hinunter, machte am Boden – mit der Waffe in der rechten Hand - eine Flugrolle und schrie: »Aaaaaaahhh!«. Großes Doppelbett. Kleiner Nachttisch. Kleiderschrank. Sonst nichts – absolut nichts!

Hauptkommissar Horst Lorentzen kam in den Wohnungsflur, erblickte zunächst die Tote, dann den todesmutigen ‚007' am Boden liegend und seine Helfer. «Bitte kommen Sie aus der Wohnung. Die Spezialisten von der Spurensicherung sind nun am Zug. Sonst könnten wertvolle Hinweise verloren gehen.« Kathrin und die zwei Polizisten gingen irgendwie merkwürdig ernüchtert und zugleich erleichtert aus der Wohnung. »Sie scheint direkt bei ihrer Ankunft überrascht worden zu sein und dann brutal mit einem Messer, Dolch oder spitzen Gegenstand aufgeschlitzt worden zu sein – am Hals und in der Magengegend«, erklärte Kommissarin van Busche ihrem Vorgesetzten. Er nahm es stumm zur Kenntnis.

Horst Lorentzen war Mitte 50, 1,85 Meter groß, hatte dunkles Haar mit einigen grauen Strähnen und war ein Typ nach dem Motto »mich kann nichts mehr erschüttern«. Seine langjährige Erfahrung, Gelassenheit und Cleverness hatten ihm im Kommissariat den Spitznamen »der Intellektuelle« eingebracht. Kathrin holte ihren Block heraus. Die Tote war offenbar Juliane Schlichting, so stand es zumindest an dem Schild auf der Klingel. »Frau van Busche, kümmern Sie sich freundlicherweise um die Nachbarn!«, befahl Lorentzen knapp. In der Zwischenzeit erreichten weitere vier Polizeiwagen und ein Kleinbus den Tatort in dem Kieler Stadtteil. Die Spurensicherung riegelte den Ort des Mordes ab und nahm die genaue Untersuchung des tödlichen Blutbades auf.

Kathrin ging den Hausflur hinunter und klingelte bei Jensen. Sofort ging die Tür auf. Die Kommissarin wurde hinein gebeten, sie setzte sich mit dem Rentner und seiner Frau an einen kleinen Tisch in dem voll gestellten, dunklen Wohnzimmer. Der Raum war mit einer dunkelbraunen Holzvertäfelung versehen, das Sofa und die beiden Sessel waren dunkelgrün und eine braune mächtige Schrankwand stand an der linken Wand. »Die Haustür stand offen – da habe ich Frau Schlichting da gesehen, wie sie da so lag. Ich habe sofort die Polizei gerufen«, erklärte der alte Herr, der sich inzwischen – offenbar durch die Anwesenheit der Beamten – wieder ein wenig gefangen hatte. »Haben Sie verdächtige Geräusche gehört? Sind Ihnen unbekannte Personen begegnet? Ist Ihnen in letzter Zeit irgendetwas Besonderes aufgefallen?« Leider konnte Rentner Jensen bei den »Big Points« nicht helfen. Dennoch kamen zumindest erste Hinweise über das Opfer ans Licht. »Sie war so ein leichtlebiges Ding. Ich glaube, Künstlerin oder Goldschmiedin oder so. Und mit Männern – na ja, wie soll ich das sagen – da lief so einiges, wenn Sie verstehen, Frau Kommissarin.«

Es klingelte an der Haustür. Hauptkommissar Lorentzen holte Kathrin ab, die weitere Vorgehensweise musste besprochen werden. 20.54 Uhr. In der Zwischenzeit war es dunkel geworden. Kommissarin van Busche bedankte sich bei Herrn Jensen und seiner Frau – obwohl die Ehefrau des Rentners die ganze Zeit über nichts gesagt hatte und nur nervös mit ihren Händen rumgespielt hatte. Nach einem kurzen Informationsaustausch im Flur kam die Ansage des Bosses: »Wir treffen uns alle morgen früh um 8 Uhr in meinem Büro. Falls es bis dahin etwas Neues gibt, werde ich Sie informieren!«

Kommissarin Kathrin van Busche nahm den BMW-Dienstwagen und fuhr zurück zur Wache in Holtenau. Sie stellte nur das Auto ab und schwang sich auf ihr blaues Rennrad. An der Kanalstraße war nicht mehr viel los – nur in Höhe der » Adler I« war Blaulicht zu sehen. Zwei Kollegen befragten den Kapitän der kleinen Personenfähre und seinen Gehilfen. »Das dauert zu lang – dann nehme ich den Weg über die Hochbrücke«, dachte sich die sportliche Beamtin. Als Kathrin zuhause im Stadtteil Düsternbrook ankam, war sie schweißgebadet. Der Anstieg der Brücke war doch heftig. Sie schloss das teure Rennrad ab und ging in ihre Wohnung in der Wrangelstraße, die schön und ruhig im Grünen ganz in der Nähe der Villengegend im Forstweg lag. Der »Aba« zeigte einen Anruf an. »Hallo Schatz, du wirst es nicht glauben! Mainz hat im Pokal Schalke geschlagen. Aber es kommt noch besser – im Halbfinale spielen wir auch noch in Kiel, bei Holstein! Unglaublich, was? Ruf mich unbedingt heute noch an – egal wann!« Nach diesem Tag war Kathrin aber gar nicht nach Johann – und noch weniger nach Fußball – zumute. Sie hatte nur Gedanken für den Fall »Juliane Schlichting«, stellte das Telefon leise, holte sich ein Hoegaarden aus dem Kühlschrank und schmiss sich auf ihr Bett.

Soko Juliane

Düsternbrook, 17. März

»Eine Außenwache ist genau das Richtige für eine Anfängerin. Da ist nix los – vielleicht mal eine Maus im Keller.« Kathrin wachte lange vor dem Klingeln des Weckers auf. Warum musste sie die Worte von Lorentzen sogar im Traum hören? Und verdammt noch mal: Warum sind es zudem noch falsche Versprechungen? Noch schlaftrunken ging sie in die Küche, stellte die Kaffeemaschine an und holte sich schon mal eine Tasse aus dem Schrank. Im Flur blinkte schon wieder der Anrufbeantworter. Es war erneut Johann, doch diesmal klang seine Stimme ein wenig enttäuscht: »Hallo Kathrin. Schade, dass ich dich schon wieder nicht erreiche! Ich hoffe, dir geht es gut. 1000 liebe Grüße. Johann.« Kathrin machte die Haustür einen Spalt auf, um zu schauen, ob jemand da war. Niemand zu sehen! Dann huschte sie – wie jeden Morgen – nur mit einem Nachthemd bekleidet zum Briefkasten und holte sich die »KN«, die örtliche Zeitung. »Irgendwann werde ich bestimmt mal von dem attraktiven Typ aus dem zweiten Stock erwischt. Und das in dem halbdurchsichtigen blauen Nachthemd. Das wäre sooooo peinlich!«, fand Kathrin und doch war die junge, blonde Kommissarin einerseits stets zu faul, um sich etwas überzuziehen und andererseits stets viel zu neugierig, um bis nach dem Duschen und Anziehen auf die Kieler Nachrichten zu warten.

In der Küche schlug Kathrin die Zeitung auf und goss sich den frisch gebrühten Kaffee und einen Schuss Milch in ihre Tasse ein. Das Hauptthema der »KN« waren natürlich wiederum die Wahlen in Schleswig-Holstein: »SPD plant große Koalition in Kiel.« Aber Kathrin, die sich sehr für die geplatzte rot-grüne Minderheitsregierung mit Tolerierung durch den Südschleswigschen Wählerverband, das dramatische Wahl-Debakel für Ministerpräsidentin Heide Simonis und die politischen Folgen für das Land interessierte, las zunächst nicht den Aufmacherartikel, sondern sofort den kleinen Artikel auf der Seite eins, der direkt rechts daneben stand.

Kieler Nachrichten, 17. März

Goldschmiedin in Kiel-Holtenau ermordet

Von Rickmer Hansen

In Kiel-Holtenau ist am Dienstagabend eine junge Frau tot in ihrer Wohnung aufgefunden worden. Bei der Toten handelt es sich um die 27-jährige Goldschmiedin Juliane S., die in der Kieler Innenstadt in der »Goldschmiede am Holstentörn« arbeitete. Wie die Polizei mitteilte, ist die Frau vermutlich mit einem Messer oder spitzen Gegenstand getötet worden.

Die Kieler Polizei riegelte den Tatort ab und blockierte alle Zugangswege zum Stadtteil Holtenau. Die Beamten vermuteten offenbar, dass sich der Täter noch in der Nähe der Wohnung der Toten befinden könnte. Bis zum Redaktionsschluss dieser Zeitung blieb unklar, ob die Fahndung der Polizei nach dem Mörder erfolgreich war. Über mögliche Hintergründe der Tat ist noch nichts bekannt.

Kathrin war geschockt: »Ihr Fall« auf der Seite eins der Kieler Nachrichten. Sie setzte sich an den Küchentisch, trank den Kaffee und las den Artikel gleich noch einmal. Sie schenkte sich einen zweiten Kaffe ein und begann von vorn: Jedes Wort des Autors Rickmer Hansen saugte Kathrin quasi in sich hinein. Danach musste sie sich beeilen: Unter die Dusche, Föhnen, rein in die Klamotten und rauf aufs Fahrrad. Wahrscheinlich war sie die einzige Kommissarin in Deutschland, die kein eigenes Auto besaß. Von der Wrangelstraße im Stadtteil Düsternbrook bis zur Kriminaldirektion im Zentrum Kiels war sie jedoch nur rund fünf Minuten mit dem Rennrad unterwegs. Das Gebäude war ein altes, mächtiges, rotes Backsteinhaus in der Blumenstraße, gleich in der Nähe der Disco »tamen-T«. Vor dem Haupteingang des historischen Bauwerks stand ein überdimensionales Klingel-Schild.

Es war eine ganz große Runde im Kommissariat 1: Ermittler, Spurensicherung, Presseabteilung, Gerichtsmediziner, Polizeiobermeister Rett als Vertreter der Schutzpolizei und natürlich Hauptkommissar Lorentzen, der die Untersuchung leitete. Kathrin war wieder einmal auf den letzten Drücker unterwegs, sie galt aber als absolut zuverlässig. Die hübsche Kommissarin holte sich noch schnell einen Kaffee mit Milchpulver aus dem Automaten und schon ging's los.

Lorentzen eröffnete die Sitzung: »Sehr verehrte Kollegen, sehr verehrte Frau van Busche«. Lorentzen war einer der wenigen, der sie als einzige Frau in der Runde vollkommen akzeptierte und zudem ihren aus dem Französischen stammenden Nachnamen richtig aussprach. Auf Deutsch müsste man ihren Namen eigentlich »Büsch« aussprechen, doch das ging bei den meisten Kollegen schief. Der Hauptkommissar kam gleich zur Sache: »Aufgrund des brutalen Mordes an der Goldschmiedin Juliane Schlichting und dem daraus resultierenden Echo in der Presse und der Bevölkerung hat die Kriminaldirektion Kiel entschieden, die Sonderkommission »Juliane« ins Leben zu rufen. Sie alle werden ab sofort mit absoluter Priorität in diesem Fall ermitteln! Frau van Busche, Herr Meyer, Herr Dr. Hinrichs und ich werden ausschließlich – ich wiederhole: ausschließlich – für die »Soko Juliane« tätig sein.«

Nach den unmissverständlichen Worten von Lorentzen fasste zunächst Dr. Niels Hinrichs – ein jüngerer, sehr kleiner Kollege, der im Fach chemische Analytik promoviert hatte, die ersten Erkenntnisse der Spurensicherung zusammen. Er trug dabei wie immer seinen leicht verdreckten, weißen Kittel und sprach mit seiner piepsigen Mickymaus-Stimme: »Wir gehen fest davon aus, dass sich der Mörder bereits vor dem Eintreffen von Frau Schlichting in der Wohnung befand und sich hinter der Wohnungstür versteckte. Es waren mehrere Fingerabdrücke zu finden. Die meisten stammten von der Toten selbst. Wir haben allerdings Fingerabdrücke von vier weiteren Personen festgestellt. Von wem sie stammen – und, ob die des Mörders darunter sind, ist noch unklar.«

Daraufhin gab Lorentzen das Wort weiter an den Chef der Pressestelle, Jan-Malte Christiansen – ebenfalls ein junger Kollege Mitte 30, der sich blendend mit Kathrin verstand. Auch an diesem Morgen hatte er – wie so oft - schon ein wenig per Augenkontakt mit ihr geflirtet. Christiansen war vom Typ her ein »italienischer Herzensbrecher«:

Dunkelbraune Haare, dunkelbraune Augen, 1,84 Meter groß, kräftige Statur. Obwohl er sehr attraktiv war, war er seit längerer Zeit solo.

Bei seinem Vortrag war Christiansen ruhig und sachlich: »Ich mache es kurz: Der Mord an Juliane Schlichting ist leider Gottes das Top-Thema bei den Medien. Heute Morgen hat die Blitz-Zeitung den Mord an der Goldschmiedin zu ihrem Aufmacher gemacht. Die Kollegen aus der Presseabteilung in Hamburg teilten uns mit, dass der Mord in Holtenau auch dort in der Blitz-Ausgabe auf der Titelseite erschienen ist. Alle anderen Medien ziehen nun nach. Sie können sich vorstellen, was bei uns in der Abteilung los ist.« Christiansen verteilte Kopien der Seiten eins und acht der Blitz-Zeitung. In riesigen Lettern war neben einem Foto vom abgeriegelten Tatort in Holtenau und einem kleinen, privaten Archivfoto von Juliane Schlichting Folgendes zu lesen:

Blitz-Zeitung, 17. März
Titelseite

Der Dolch-Schlitzer von Kiel
Ging es um Gold und Diamanten?

Er kam mit einem gigantischen Messer und stach die bildschöne Goldschmiedin Juliane S. (27) brutal in ihrer Wohnung nieder: Alles über den Dolch-Schlitzer von Kiel auf Seite 8.

Die Kollegen waren allesamt sprachlos: Sie lasen aufmerksam die Zeilen und betrachteten vor allem die gewaltige Aufmachung der Tat in der Zeitung. Auch Kathrin, die zumindest ein wenig durch die »KN« vorgewarnt war, war völlig verblüfft. Der Mord an Juliane Schlichting war nun in ganz Norddeutschland Thema. Alle schauten nach Kiel! Der Artikel selbst auf Seite acht der Blitz war im Vergleich zur Schlagzeile auf der Seite eins mickrig, nur mit wenigen Fakten gespickt und zudem auch nur am unteren Ende der Seite zu finden.

Blitz-Zeitung, 17. März
Seite 8

Goldschmiedin in Kiel getötet – Killer kam mit Schlitzer-Dolch

Warum musste die Goldschmiedin Juliane S. (27) sterben? Der Dolch-Killer von Kiel kam mit einem gigantischen Messer und stach die bildschöne Frau gestern Abend brutal und eiskalt in ihrer Wohnung im Stadtteil Holtenau nieder. Juliane S. war sofort tot. Die Polizei machte mit einem Großaufgebot Jagd auf den hinterhältigen Mörder. Alle Zugangswege zum Stadtteil Holtenau wurden dicht gemacht – selbst die Fähre »Adler I« über den Nord-Ostsee-Kanal wurde an die Kette gelegt. Der Dolch-Schlitzer von Kiel – warum hat er die schöne Goldschmiedin getötet? Hat der Mörder Schmuck, Gold und Diamanten gestohlen?

Stille im großen Sitzungsraum des Kommissariats. So ein Medien-Echo hatte keiner erwartet. Hauptkommissar Lorentzen ergriff als erster wieder das Wort: »Vielen Dank Herr Christiansen. Ich möchte noch einmal darauf hinweisen, dass Informationen an die Journalisten natürlich nur über unsere Pressestelle laufen. Herr Christiansen und ich werden uns eng miteinander abstimmen und ohne unser O.K. geht nichts raus.«

Als nächster war Dr. Uwe Leindecker von der Gerichtsmedizin dran: »Die Obduktion der Leiche wird heute im Anschluss an diese Sitzung vorgenommen. Wir werden Sie über alle relevanten Fakten am Nachmittag informieren können.« Kathrins Puls stieg an – nicht wegen der Worte des Gerichtsmediziners, sondern weil Lorentzen mit ihr Blickkontakt aufnahm: »Frau van Busche, was haben die ersten Befragungen der Nachbarn ergeben?« Kommissarin Kathrin van Busche fasste sich kurz und präzise: »Das Opfer ist von dem Rentner Horst Jensen gefunden worden. Er alarmierte auch die Polizei. Er konnte keine Hinweise auf den Täter liefern.« Die Bemerkungen von Rentner Jensen »Sie war so ein leichtlebiges Ding« und «Mit Männern da lief so einiges« ersparte sie der großen Runde. Wer weiß, ob sie überhaupt etwas bedeuteten? Oder ob der Rentner so ein mieser Spießer war?

Horst Lorentzen bedankte sich bei allen Kollegen und gab die Vorgehensweise für die nächsten Tage bekannt: »Tägliches Meeting in der großen Runde um 8 Uhr. Alle Informationen sofort zu mir. Um 16 Uhr trifft sich der Kern der Soko Juliane täglich in meinem Büro. Alle, die dazu stoßen wollen, sind herzlich willkommen.«

Anschließend blieben Lorentzen, Kommissar Thomas Meyer, Herr Dr. Hinrichs und Kathrin noch im Raum. Meyer war ein Kollege Mitte 50, ein so genannter »alter Hase«. Er hatte braune Haare, trug eine künstlerisch gestylte Brille und hatte sich ein kleines Wohlstandsbäuchlein angefuttert. Vor ewigen Zeiten hatte Meyer zusammen mit Lorentzen seine Ausbildung gemacht. Er hatte auch den besten Draht zum Chef, duzte ihn als einziger in der ganzen Kriminalpolizeidirektion. Die Aufgaben wurden verteilt: Kathrin sollte die »Goldschmiede am Holstentörn« unter die Lupe nehmen, Meyer den Freund von Juliane Schlichting Robert Diedrichs – ein Architekt aus Plön - befragen. Hinrichs fuhr noch einmal zum Tatort und Lorentzen selbst traf sich mit den Eltern von Juliane Schlichting in Eckernförde.

Kathrin begleitete Lorentzen noch in sein Büro. »Ach, Frau van Busche, was ich Sie noch fragen wollte. Haben Sie gehört, dass Holstein im Pokal gegen Mainz spielt? Da wird ihr Freund doch sicher hier in Kiel sein, oder? Falls er wieder einmal Karten besorgen könnte…« Das gab es doch gar nicht! Der Mord interessierte ihren Chef offenbar weniger als Fußball. Kathrin war fassungslos und setzte zum Konter an: »Ach, Herr Lorentzen. Was ich Sie noch fragen wollte: Eine Außenwache ist doch genau das Richtige für eine Anfängerin, oder? Da ist doch nix los – vielleicht mal eine Maus im Keller?«

Geheime Reise nach St. Anton

Rückblende: Samstag, 14. Februar irgendwo in Österreich

Der IC 119 fuhr mitten durch die Berge. Dort, wo eben noch der gewaltige Bodensee zu sehen war, erhoben sich nun links und rechts dunkle, mächtige Felsen. Dornbirn. Hohenems. Götzis. Rankweil. Feldkirch. Bludenz. Der Intercity schien nun alle zehn Minuten Halt zu machen. »Eher ein Bummelzug, der in jedem miesen Kaff anhält«, dachte Gianluca Baldini. Er tastete nochmals seine Jacke nach dem Umschlag ab. Es war alles noch da. Ein Transportzug fuhr vorbei, der lauter Baumstämme auf Waggons beförderte. Inzwischen war die Landschaft komplett weiß, lauter schneebedeckte Hänge und Wälder. Aus den Lautsprechern erklang die angenehme, bereits vertraute Stimme der Bahnangestellten: »In wenigen Minuten erreichen wir Sankt Anton. Nächster Halt: Sankt Anton am Arlberg.« Gianluca war am Ziel.

Am Bahnhof von St. Anton war die Hölle los. Bereits das Aussteigen aus dem Zug bereitete ihm Schwierigkeiten: Eine Horde Skifans mit rot-weiß-roten Fahnen kam ihm lautstark entgegen, ließ ihn kaum aus dem Intercity raus. Bierdosen, Flaschen und sonstiger Müll wie Zeitungen, Essenspapiere und Speisereste lagen überall verstreut herum. Der junge Mann ging mit seinem spärlichen Gepäck – einem kleinen schwarzen »Eastpack«-Rucksack - aus dem Bahnhof. Düsteres Wetter, der Himmel war dunkelgrau, fast ein wenig goldfarben. Eine kleine, schneebedeckte Brücke führte über einen kleinen Fluss zum Ortskern. Zum Glück hatte er noch ein Zimmer im »Hotel Post« bekommen – an einem Weltcup-Wochenende in den Bergen entsprach das fast einem Sechser im Lotto. In den Straßen waren allerlei Stände aufgebaut – vor allem Fress- und Saufbuden. Der kleine Marktplatz war proppenvoll, es liefen bereits die Vorbereitungen für die Siegerehrung des Abfahrtslaufes. Das Rennen war schon am Vormittag gelaufen. Auf einer großen elektronischen Anzeigetafel waren Namen, Nationalitäten und die Zeiten der Sieger zu sehen: Gleich drei Österreicher waren vorn, auf Rang eins der »Herminator« - Hermann Maier. Seine Zeit: 1:56,09 Minuten. Auf den Plätzen: Stephan Eberharter und Johann Brugger. Gianluca Baldini ließ sich jedoch nicht beirren - es war alles exakt vorbereitet. Er wusste genau, dass er nicht wegen des Skirennens in St. Anton war. Der Italiener marschierte an seinem Hotel und all dem Trubel vorbei, checkte noch nicht ein, sondern ging direkt weiter in Richtung »Galzig-Gondel«.

Es war schon 14.38 Uhr. Am Kassenhäuschen kaufte Baldini keinen Skipass, sondern nur eine Berg- und Talfahrt. »Komme ich denn jetzt noch ganz rauf zum Valluga-Grat? – und vor allem wieder runter?«, fragte er sicherheitshalber am Schalter. »Jo moi – des packen'S schoooh«, entgegnete ihm die dunkelhaarige Österreicherin Mitte 40 mit einem Lächeln im Gesicht. An der Seilbahn »Galzig« war nicht viel los, die Leute wollten anscheinend lieber ihren »Herminator« feiern, anstatt selbst Ski oder Snowboard zu fahren. In der Gondel war er der Einzige, der ohne Sportgerät unterwegs war. Obwohl sie nicht sonderlich gut gefüllt war, fühlte er sich in der Enge des Transportmittels nicht wohl. Die Blicke der Wintersportler mochte er nicht – bloß nicht auffallen. Er fasste nervös an die Brusttasche seiner blauen Jacke: Alles war noch da. Zeit? 14.59 Uhr.

Als Gianluca Baldini an der Galzig-Hütte angekommen war, musste er weiter bergauf zur »Valluga I«, einer hochmodernen Seilbahn. Sie war offenbar noch nicht lange im Betrieb. Auch hier ging es geradewegs weiter. Von einer Plattform aus stieg Baldini mit den Wintersportlern in die Valluga-Bahn ein. Sie setzte sich in Bewegung. Der Ausblick aus der Gondel war traumhaft, einfach fantastisch. »Das ist ein Wunderwerk der Technik – über solch ein Tal kann eigentlich kein Stahlseil eine Gondel tragen«, murmelte er vor sich hin. »Wie sagenhaft muss erst der Ausblick sein, wenn die Sonne strahlt?« Plötzlich ging ein Ruck durch die Seilbahn: Die »Valluga« fuhr über eine Bergkuppe und in Baldinis Magen machte sich ein ungutes Gefühl breit. Einige Skifahrer jubelten dennoch erfreut, der heftige Höhenabfall der Gondel bereitete ihnen Freude.

Ankunft Valluga-Grat. Es war 15.21 Uhr und langsam wurde Gianluca Baldini unruhig. Er setzte sich eine schwarze Strumpfmaske auf, darüber noch eine schwarze Wollmütze. Nun sah er wie ein richtiger Skifahrer aus – nur leider ohne Skier. Er war bereits zum zweiten Mal hier oben auf 2660 Meter Höhe, dem höchsten Punkt für Skifahrer. Doch der Treffpunkt mit dem »Ukrainer« lag noch höher: Mit der winzigen Gondel »Valluga II« fuhr Baldini weiter ganz hoch zum Treffpunkt. Er war inzwischen völlig allein – die Skifahrer hatten sich allesamt ihre Skier untergeschnallt und hatten bei der schlechten Sicht kein Interesse an einem Ausblick aus 2811 Metern. In der Gondel spürte Baldini, wie er noch nervöser wurde. Das Adrenalin schoss ihm in die Blutbahn.

Als er die »Valluga II« verließ, war alles wie beim letzten Mal: Der »Ukrainer« saß vollkommen allein auf seinem schwarzen Rucksack auf dem Gipfel, rauchte ruhig eine selbst gedrehte Zigarette und schlürfte ein warmes Getränk. Neben ihm seine blaue Thermoskanne. »Ciao Ukrainer – alles klar?«, fragte Baldini. »Haahst De allees?«, fragte der Ukrainer in gebrochenem Deutsch. Baldini zog den Umschlag: »Es sind genau 18.000 – wie verabredet. Dazu das Foto und die Kontaktdaten.« Der Ukrainer nahm den Umschlag, schmiss seine Zigarette in den Schnee, packte seinen Rucksack und ging in Richtung der kleinen Gondel. Kurz darauf war er – den alle in der Branche nur unter dem Namen »der Ukrainer« kannten - verschwunden.

Gianluca Baldini wartete auf die nächste Gondel und fuhr dann erneut mit der »Valluga II«, der »Valluga I« und der »Galzig-Bahn« hinab in den Ort. St. Anton feierte weiterhin wild und ausgelassen den Sieg des »Herminators«, der kleine Skiort war rappelvoll und langsam schienen es auch die Ski-Fans durch den steigenden Alkohol-Pegel zu werden. Das »Hotel Post« lag genau an der Hauptfußgängerzone. Es war ein großes, schönes Holzhaus in typisch österreichischem Stil mit vielen Verzierungen und einladenden Blumenkästen vor den Fenstern. Er checkte ein und ging danach noch kurz ins »Café Schneider«. Dort bestellte er einen heißen Apfelstrudel mit Vanillesoße und einen Kakao mit Rum. Der Rum wurde separat in einem kleinen Schnapsglas serviert. »Ist das königlich – manchmal kann man doch Job und Genuss miteinander verbinden«, dachte Baldini. Im Hotel trank er danach die halbe Mini-Bar leer, da er ansonsten bei dem Straßenlärm der feiernden Österreicher überhaupt nicht hätte schlafen können.

Am nächsten Morgen war er schon früh am Bahnhof. Der Intercity 118 fuhr pünktlich um 10.17 Uhr von Gleis zwei im Bahnhof von St. Anton ab. Danach hielt er von neuem im Zehn-Minuten-Takt: Langen am Arlberg. Bludenz. Feldkirch. Rankweil. Hohenems. Dornbirn. In Bregenz fuhr der Zug auch wieder am Ufer des mächtigen Bodensees entlang. Die Ausflugsdampfer lagen allesamt im Hafen, nur die »M.S. Österreich« etwas verkommen abseits am Kai. Nun ging es für Gianluca Baldini weiter in Richtung Lindau – zurück nach Deutschland.

Die Goldschmiede am Holstentörn

Kieler Innenstadt, 17. März

In der Kieler Innenstadt war nicht sonderlich viel Betrieb. Der edle Schmuckladen lag in der Holstenstraße, direkt in der Fußgängerzone am Rande des Einkaufszentrums «Holstentörn«. Kathrin stellte ihre blaue Rennmaschine am Asmus-Bremer-Platz ab und ging zu Fuß die Holstenstraße entlang – direkt mit dem Rad vorzufahren war ihr doch ein wenig peinlich. In den Schaufenstern lagen allerlei teure Schmuckgegenstände, eines war rund um das Thema »Hochzeit« gestaltet, ein weiteres mit Uhren, Ringen, Ketten und Armbändern ausgelegt.

Mike Böhm war ein stattlicher, gut gekleideter Mann, cirka 60 Jahre alt und Chef der »Goldschmiede am Holstentörn«. Sein Geschäft war trotz des Todes seiner Mitarbeiterin Juliane Schlichting geöffnet. Er bat Kommissarin van Busche in den Hinterraum des Ladens. »Damit die Kunden nichts mitbekommen«, erklärte der füllige Geschäftsführer. Böhm plauderte sofort los: »Was soll ich denn tun? Trübsal blasen? Das können wir uns nicht leisten! Der Laden ist mein Leben – nicht, dass Sie denken ich sei unsensibel. Aber die Zeiten sind schlecht – Schmuck verkauft sich nicht von selber.« Kathrin hatte noch gar nichts gesagt und schon schien Mike Böhm ein schlechtes Gewissen zu haben. Er hatte die Tür des kleinen Hinterraumes des Schmuckladens, der stilvoll mit Antiquitäten eingerichtet und eine Art Büro- und Besprechungsraum war, verschlossen. So konnten er und die Kommissarin ungestört miteinander reden.

Sie setzten sich an einen wunderschönen antiken Schreibtisch aus massivem Kirschholz, auf dem ein moderner PC mit einem LCD-Flachbildschirm stand. »Wie war Ihr Verhältnis zu Frau Schlichting?« Der Geschäftsführer zögerte kurz. »Na ja, wir haben uns ausgesprochen gut verstanden – vor allem fachlich. Sie war meine beste Mitarbeiterin. Alle wichtigen und extravaganten Aufträge hat sie gemacht. Sie war mehr als nur Goldschmiedin, sie war eine Künstlerin.« Kathrin hakte nach: »Vor allem fachlich?«

Böhm schaute etwas verstört, beugte sich mit seinem Bierbauch über den Schreibtisch: »Ich will gar nicht lange drum herum reden. Sie werden es sowieso erfahren. Wir sind auch ab und an zusammen essen gegangen und haben über unsere künstlerische Arbeit gesprochen – mehr aber auch nicht! Sie müssen wissen: Ich bin verheiratet.« Die Kommissarin merkte, dass sie einen wunden Punkt erwischt hatte, sie wechselte das Thema: »Fehlen Ihnen Schmuckgegenstände – ist etwas abhanden gekommen?« »Juliane hat manchmal noch zu Hause an einigen Werken gearbeitet und wie sie sagte, sie auf sich wirken lassen – so auch dieses Mal. Bei ihr müssten noch zwei Platin-Eheringe und ein Saphir-Smaragd-Collier mit Diamanten für eine Hochzeit im April liegen. Ich wäre Ihnen dankbar, wenn Sie mir den Schmuck schnellstmöglich zurück in den Laden bringen könnten.«

Kommissarin van Busche hatte ein merkwürdiges Gefühl. Irgendetwas schien ihr bei dem Goldschmiedemeister Böhm nicht zu stimmen: »Haben Sie einen Verdacht, wer Frau Schlichting umgebracht haben könnte? Gab es bei Ihnen im Geschäft in letzter Zeit Verstimmungen und Ärger?« Böhm antwortete prompt: »Also, ich muss Sie bitten. Wenn Sie denken, dass hier bei uns im Betrieb.... Also, nein. Sicherlich gab es hier auch mal ein wenig Ärger. Das ist doch ganz normal. Aber Mord? Nein! Unsere Goldschmiede ist ein ordentlicher Betrieb. So etwas kann ich mir beim besten Willen nicht vorstellen!«

Zum Schluss fragte Kathrin noch nach dem genauen zeitlichen Ablauf des gestrigen Geschäftstages. »Juliane hat die Goldschmiede meist so gegen 17 Uhr verlassen. Sie kam morgens immer ein wenig früher – schon vor dem Öffnen der Goldschmiede. Gestern war ich jedoch wegen eines Termins den ganzen Tag unterwegs. Ich habe sie überhaupt nicht mehr gesehen.« Böhm erklärte, dass er in Hamburg bei der Firma WMC wegen Verhandlungen für Herren-Chronographen und -Uhren war. »Was haben Sie in der Zeit zwischen 18.00 und 19.00 Uhr gemacht?«, fragte die Kommissarin. »In der Zeit war ich auf der Autobahn. Ich bin gegen 18.00 Uhr aus Hamburg losgefahren und gegen 19 Uhr wieder in Kiel gewesen – deswegen bin ich auch gar nicht mehr ins Geschäft gefahren.«

Kommissarin Kathrin van den Busche bat als nächste Marje Andresen in den Hinterraum. Sie hatte hellblonde Haare, trug eine freche Pagenfrisur, war cirka 1,75 Meter groß und hatte eine sportliche Figur.

Die Blondine war die zweite fest angestellte Goldschmiedin in dem Geschäft. Außer Böhm, Frau Schlichting und ihr arbeite nur noch die Auszubildende Christina Roth in dem Juwelierladen. Die impulsive Goldschmiedin legte sofort los, als die Tür zu dem Hinterraum verschlossen war: »Also eins vorweg. Der Alte hatte was mit Juliane – das ist sicher!« »Woher wissen Sie das so genau?«, fragte Kathrin. »So etwas spürt man! So wie die sich umschwänzelt haben. Juliane hat auch immer alle interessanten Aufträge von ihm bekommen – den Mist, den konnte ich dann machen. 08/15-Eheringe und so.«

In dem Laden schien ja einiges los zu sein. »Waren Sie eifersüchtig auf Juliane?« Andresen überlegte eine ganze Weile. »Also, ich mochte Juliane nicht. Wenn Sie drei Jahre lang jemanden vor sich haben, der Ihnen jeden tollen Auftrag wegschnappt, dann entwickelt man keine intime Beziehung. Verstehen Sie? Aber auf den Alten bin ich nun wirklich null Komma null eifersüchtig. Der war auch mal hinter mir her – ich hab ihn aber richtig schön abblitzen lassen!«

Die Kommissarin merkte, dass das Betriebsklima in dem Juwelierladen äußerst mies gewesen sein muss. Schon eine Nachfrage reichte, um eine verbale Explosion auszulösen. »Wann hat Juliane das Geschäft gestern verlassen?«, fragte Kathrin van Busche. »Die ist gestern schon so gegen 15.45 Uhr abgehauen. Der Alte war nicht da – das machen wir dann häufiger so, dass dann nur eine von uns länger bleibt. Ich habe dann auch Punkt 18 Uhr den Laden dicht gemacht.«

Als Letzte kam die junge Auszubildende Christina Roth ins schmucke Hinterzimmer. Sie war relativ klein, hatte wie Kathrin blonde lange Haare und war erst 19 Jahre alt. Sie hatte Tränen in den Augen. »Frau Kommissarin, wie konnte das nur passieren?«, schluchzte die junge Frau sofort los und begann, hemmungslos zu weinen. Kathrin nahm sie in die Arme und sagte zunächst einmal nichts. Einige Tränen Christinas tropften auf den antiken Holzschreibtisch.

Nach ein paar Minuten beruhigte sich die Auszubildende ein bisschen. »Für mich war Juliane mein großes Vorbild. Nicht der Meister und auch nicht Marje! Juliane hat sich immer um mich gekümmert«, erklärte sie und wischte sich die Tränen aus den Augen. Die Beamtin reichte ihr ein Taschentuch. »Ist Ihnen irgendetwas Besonderes aufgefallen?«

Christina Roth schnupfte sich die Nase: »Der Chef wollte in letzter Zeit immer häufiger mit Juliane alles mögliche besprechen. 'Wir müssen noch dies klären. Wir müssen noch das klären'. Ab und zu haben sie sich auch abends zum Essen getroffen. Juliane wurde das aber zu viel. Sie musste das Geschäft ohnehin schon fast alleine schmeißen. Marje ist zurzeit ziemlich bocklos, müssen Sie wissen. Zudem hatte Juliane einen neuen Freund. Mit dem wollte sie schließlich auch was machen!« »Einen neuen Freund?«, fragte die Polizistin nach. »Ja, Robert Diedrichs. Er ist Architekt, hat sie manchmal nach der Arbeit abgeholt.« Die blonde Auszubildende bestätigte, dass Marje Andresen und sie gestern um Punkt 18 Uhr die Goldschmiede verlassen hatten. »Juliane ist schon viel früher los. Der Chef war ja nicht da. Das hätte sie sich aber auch ansonsten verdient gehabt. Sie hat ja sogar häufig noch zu Hause an einigen Schmuckgegenständen gearbeitet.«

Kathrin van Busche kam mit der jungen Auszubildenden aus dem Hinterraum, als sie sah, wie sich Mike Böhm in dem Laden mit zwei Radioreportern stritt. Kathrin kam dem Goldschmied sofort zu Hilfe: »Meine Herren, wenn ich mich vorstellen darf. Polizei Kiel, Kommissarin Kathrin van Busche. Wenn sie nicht sofort die Mitarbeiter der Goldschmiede in Ruhe lassen, dann werde ich sie wegen Hausfriedensbruchs verhaften lassen. Wir sind sehr daran interessiert, dass die Presse bestmöglich informiert wird. Aber: Was zu weit geht, geht zu weit! Deswegen möchte ich Sie bitten, sofort dieses Geschäft zu verlassen. Für alle Informationen im Mordfall »Juliane Schlichting« steht Ihnen unsere Pressestelle zur Verfügung.« Die beiden Journalisten, einer von Radio Schleswig-Holstein, der andere vom NDR, verließen daraufhin wortlos den Laden.

»Vielen Dank Frau van Busche. Wir hatten heute Morgen schon Riesen-Ärger mit einem Kamerateam. Wir möchten uns gegenüber der Presse nicht zu dem Fall äußern – die sollen uns in Ruhe arbeiten lassen!« Kathrin rief per Handy in der Zentrale an und sagte dem Goldschmied Mike Böhm zu, dass ein Kollege heute vor dem Laden »sehr dezent aufpassen« würde und so die Journalisten abwimmeln, aber die Kunden nicht vertreiben werde. Mike Böhm bedankte sich erneut bei der Kommissarin, die den drei Mitarbeitern der »Goldschmiede am Holstentörn« ihre Visitenkarte überreichte. Daraufhin entschwand die Kommissarin in Richtung Asmus-Bremer-Platz zu ihrem Fahrrad.

Kathrin hatte bis zum Meeting der »Soko Juliane« um 16 Uhr bei Lorentzen noch ein wenig Zeit und vor allen Dingen mächtig Kohldampf. Sie fuhr mit ihrem Rennrad zu ihrem Lieblingsimbiss, dem Metro-Grill, der nur rund 50 Meter vom ehemaligen Metro-Kino in der Holtenauer Straße lag. »Ich liebe Fritten. Im Vergleich zu den echten belgischen sind die deutschen zwar mangelhaft, aber trotzdem insgesamt betrachtet noch sehr gut«, dachte sie und machte ordentlich Tempo. Es gab eine »Doppelte mit Curryketchup« – dazu eine Cola-Light. Nach der schnellen Mahlzeit besorgte sie für ihre Mutter, die am Abend ihren 59. Geburtstag feierte, noch einen schönen Blumenstrauß bei »Blumen-Jan« in der City. Sie wählte orangefarbene Rosen mit farblich abgestimmten Gerberas. Jan bekam seine Blumen jeden Morgen per LKW frisch aus Holland. Dann ging's mit dem Geburtstagsstrauß in der Hand direkt weiter in die Kriminalpolizeidirektion.

Im Büro von Lorentzen saßen bereits alle Beteiligten – der Kern der »Soko Juliane« - auf einer alten, beigefarbenen Couchgarnitur, die neben dem großen Schreibtisch des Chefs stand. »Die Pommes hätte ich mir verkneifen müssen«, dachte Kathrin, die zwar noch pünktlich war, aber wieder mal als Letzte eintraf. Horst Lorentzen begrüßte seine Kollegen. Zunächst berichtete der Chef persönlich von seinem Treffen mit den Eltern von Juliane Schlichting. Juliane war in ihrem Elternhaus in Eckernförde aufgewachsen, sie hat eine Schwester, Sabine. Nach dem Abitur war sie nach Wiesbaden gezogen, hatte dort ihre Ausbildung als Goldschmiedin gemacht und ihren Ex-Ehemann Michael Rose kennen gelernt. »Vor zwei Jahren haben sich die beiden scheiden lassen. Da lief wohl einiges schief«, sagte Lorentzen. Danach war sie zurück nach Kiel gekommen und hatte den Job in der Goldschmiede am Holstentörn angenommen. »Sie soll in Kiel wieder richtig aufgeblüht sein – sie genoss das Leben in vollen Zügen. Am Morgen des Mordtages hatte Frau Schlichting noch bestens gelaunt mit ihrem Vater telefoniert.«

Seit cirka acht Monaten war Juliane Schlichting mit dem Architekten Robert Diedrichs befreundet. »Auch dort war wohl nicht alles so harmonisch«, erklärte Lorentzen. Der Hauptkommissar hielt es für notwendig, neben dem Freund Robert Diedrichs auch den Ex-Mann zu befragen. Er hielt ein Flugticket in die Luft. »Frau van Busche, ich habe für Sie schon alles arrangiert. Ihr Flug geht morgen früh um 8.10 Uhr ab Holtenau nach Frankfurt. Herr Rose weiß Bescheid, Treffpunkt in Wiesbaden und Reisedaten habe ich für Sie zusammenstellen lassen.« Lorentzen überreichte Kathrin eine Mappe mit Flugticket und weiteren Papieren.

Kathrin war überrascht und dennoch wusste sie genau, warum sie für die Ermittlungen in Wiesbaden auserwählt wurde. Lorentzen wusste von ihrer Fernbeziehung mit Johann. Und Johann wohnt in Mainz – und Mainz und Wiesbaden trennt nur der Rhein. Sie schaute auf das Flugticket: Hinflug 18. März, 8.10 Uhr. Rückflug 19. März, 10.50 Uhr. Sie blätterte weiter, fand aber keine Unterlagen für ein Hotel. »So, so – da will mein Chef mir wohl was Gutes tun.« Lorentzen zwinkerte ihr zu und bat sie zugleich, ihre Erkenntnisse von dem Treffen in der »Goldschmiede am Holstentörn« zu schildern. Kathrin berichtete von der explosiven Stimmung in dem Betrieb: »Dem Chef Mike Böhm wird ein Verhältnis mit Juliane Schlichting nachgesagt. Zudem musste die Mitarbeiterin Marje Andresen in dem Betrieb quasi die 'Drecksarbeiten' für Juliane erledigen.«

Kommissar Thomas Meyer erklärte, dass er den Freund der Getöteten, Robert Diedrichs, noch nicht persönlich gesprochen habe. »Er hat sich in seinem Architektenbüro krank gemeldet. Er war völlig am Ende. Ich werde ihn erst heute Abend befragen können. Danach werde ich zudem die Wohnung der Getöteten inspizieren, um festzustellen, ob Wertgegenstände gestohlen worden sind.« Kathrin bat Kommissar Meyer auch nach den zwei Platin-Eheringen sowie dem Saphir-Smaragd-Collier zu schauen, die der Goldschmiedemeister Böhm noch vermisste.

Anschließend informierte Dr. Uwe Leiendecker über die Ergebnisse der Obduktion der Leiche. Er war knapp über 50, hatte graue Haare, ein gepflegtes Äußeres und drückte sich stets sehr gewählt und präzise aus. Für den in der Branche üblichen Sarkasmus in der Gerichtsmedizin hatte er überhaupt kein Verständnis. Leiendecker nahm sich seine schwarze Mappe, blätterte in den Unterlagen und kam zunächst zum Tathergang: »Das Opfer ist durch einen klaren, kräftigen Schnitt durch die Kehle getötet worden. Der Schnitt war unserer Meinung nach sofort tödlich. Ich selbst kenne solche Tötungsarten beispielsweise aus der französischen Fremdenlegion. Der Mörder verübte danach noch zwei Stöße mit der Tatwaffe in die Magengegend des Opfers. Das wiederum ist absolut untypisch für Profikiller – und spricht eher für eine Tat im Affekt.«

Gespannt hörten Kathrin, Meyer, Hinrichs und Lorentzen den Worten des Gerichtsmediziners zu. Leiendecker erläuterte seine Vermutungen bezüglich der Tatwaffe: »Es muss sich um ein langes, zweischneidiges Messer oder einen Dolch gehandelt habe – wir glauben, dass die Klinge cirka 25 – 30 Zentimeter lang gewesen sein muss.« Den Todeszeitpunkt bezifferte der Gerichtsmediziner mit 18.00 / 18.30 Uhr. »Sehr verehrte Kollegen«, meinte Leiendecker, klappte seine Mappe zu und kam zum Ende seines Vortrages: »Frau Schlichting war zum Zeitpunkt des Todes schwanger.«

Geburtstag von Nelly

Kiel-Kitzeberg, früher Abend des 17. März'

Es war relativ warm für die Jahreszeit und nieselte ganz leicht, als Kathrin die Fußgänger- und Fahrradbrücke über die Hörn im Kieler Hafen Richtung Ostufer überquerte. Sie passierte die Halle 400 und freute sich auf den Abend bei ihren Eltern. Die Strecke nach Kitzeberg war zwar mit dem Rad weit, aber immer wieder schön zu fahren. Der leichte Nieselregen war angenehm im Gesicht zu spüren und so radelte Kathrin über die Stadtteile Garden, Ellerbek und Wellingdorf, passierte den Fluss Schwentine und fuhr weiter nach Dietrichsdorf und Mönkeberg. Als sie direkt am Ufer auf den Fördewanderweg einbog wurde aus dem Nieselregen schlagartig ein kräftiger Schauer. Die junge blonde Frau trat kräftig in die Pedale, doch nach wenigen Metern war sie schon klitschnass. Am Herderplatz kam sie an dem riesigen, gelben Steinhaus aus einer anderen, vergessenen Zeit vorbei, das sie aus ihren Kindertagen bestens kannte. Es hatte einen großen Schornstein und an den verzierten, verspielten Ecken des Gebäudes jeweils eine Kugel auf dem Dach. Es roch nach frischem, feuchtem Waldboden. Sie fuhr weiter an den letzten vier, fünf Häusern vorbei, bis sie am Waldesrand an dem großen, sonnengelben Holzhaus ihrer Eltern ankam.

Das Haus von Nelly und Asmus hatte einen großen, wilden Garten mit neun gewaltigen Kiefern auf dem Grundstück. Neben dem Haus standen die beiden Autos ihrer Eltern in dem überdachten Carport, das passend zur Waldlage heftig mit Efeu zugewuchert war. Nelly fuhr einen historischen Oldtimer, ein dunkelgrünes Käfer Cabrio mit farblich passendem Verdeck - Asmus einen stinknormalen silbernen Audi A4 Avant. Als Kathrin klingelte, stand sie nass wie ein begossener Pudel vor der Haustür und hielt den schönen Strauß von Blumen-Jan in den Händen. »Ach, du bist ja genauso unvernünftig wie dein Vater. Mit dem Fahrrad bei dem Wetter! Trockne dich erstmal ab – ich bringe dir frische Klamotten«, sagte Nelly van Busche und nahm ihrer Tochter den Blumenstrauß ab. »Der ist aber schön! Gerberas und Rosen in meiner Lieblingsfarbe. Danke sehr!« Kathrin trocknete sich mit einem Handtuch ab und bekam eine viel zu große Jogginghose von Asmus, ein frisches T-Shirt und eine blaue Woll-Strickjacke von Nelly.

Asmus war auf der Terrasse, die etwas erhöht zum Garten führte. »Ich glaube, jetzt geht es wieder. Der Regen hat aufgehört«, sagte »Grillmeister« Asmus, der mit unendlich viel flüssigem Grillanzünder versuchte, die nasse Holzkohle wieder zu entflammen. »Asmus wollte unbedingt heute die Grillsaison eröffnen. Ich habe ihm gesagt, dass das bei dem Wetter bestimmt schief geht, aber er wollte ja nicht hören. Ein Hoegaarden ?«, fragte Nelly, die schon zwei Original 0,25-Liter-Gläser mit dem blau-goldenem Zeichen und zwei Fläschchen bereit hielt. »Edel sei das Bier. Auf Nelly!«, sagte Asmus, der grundsätzlich nur seine Stammmarke »Holsten-Edel« trank.

Die drei stießen auf Nellys 59. Geburtstag an und Kathrin fühlte sich an der frischen Luft bei ihren Eltern richtig sauwohl. »Du siehst übrigens super aus, Kathrin. Neue Klamotten ?«, scherzte Asmus. Kathrin sah in Asmus' riesiger Jogginghose tatsächlich ein wenig albern aus. Sie hätte vermutlich zweimal da reingepasst. »Ja, das ist jetzt der letzte Schrei der Modewelt aus Paris«, antwortete Kathrin. Von der Terrasse aus schaute man direkt in den Kiefernwald und durch die Bäume konnte man die Ostsee schimmern sehen. Ein Specht flog vorüber. Nun kam auch ein wenig die Sonne zum Vorschein und Asmus' Grill kam tatsächlich wieder in Gang.

Kathrin hatte das belgische Weizenbier in Windeseile ausgetrunken, bekam von Nelly aber gleich noch eines nachgeschenkt. Nelly und Asmus hatten sich 1974 in der nordfranzösischen Stadt Lille kennen gelernt und seit dieser Zeit hatten sie immer »Hoegaarden Witbier« im Haus, das aus der gleichnamigen belgischen Stadt stammt und im Norden Frankreichs sehr beliebt ist. Sie »importierten« das Weißbier extra bei ihren Urlauben, die sie meist in der Picardie, Normandie oder Bretagne verbrachten, in großen Mengen aus Belgien. »Asmus' Kombi ist zwar hässlich, aber für den Bier-Transport einfach perfekt«, meinte Nelly und freute sich diebisch über »ihr Bier«. Das Hoegaarden ist ein hefetrübes Gebräu, das mit Korianderkörnern und den Schalen der Curacao-Orange gewürzt wird. Es ist duftig und würzig im Aroma und mit einem fruchtigen Geschmack von Honig unterlegt. Kathrin und Nelly liebten es geradezu abgöttisch. »Sag mal, Kleine. Ist Johann eigentlich beim Pokalspiel Holstein gegen Mainz 05 da? Kann er Karten besorgen?«, fragte Asmus. »Ich muss ihn ohnehin mal anrufen – am besten gleich jetzt«, meinte Kathrin und ging daraufhin kurz ins Wohnzimmer.

»Hallo Johann. Sorry, dass ich erst jetzt anrufe. Ich habe zurzeit richtig Stress beim Job: Mord – mitten in Holtenau. Morgen muss ich in Wiesbaden so einen Typen verhören. Kann ich dann am Abend zu dir kommen?«, begrüßte Kathrin ihren Schatz. Johann war völlig verblüfft: »Wie, du kommst morgen nach Mainz? Mord? Verhör?« »Ich erklär' dir morgen Abend alles. Bist du denn da?« Johann meinte, dass er an dem Abend noch einen Termin wegen der Stadionerweiterung von Mainz 05 hätte, er erst gegen 20 Uhr zu Hause sei, Kathrin ja aber einen Schlüssel zu seiner Wohnung in der Neustadt am Frauenlobplatz hätte. »Sonst kannst du ja noch ins Hafeneck gehen«, ergänzte Johann, der bei der Mainzer Allgemeinen Zeitung als Sportredakteur arbeite. Sie plauderten noch kurz über den Pokalknaller »Holstein Kiel gegen Mainz 05« und Kathrin nahm das schnurlose Telefon mit auf die Terrasse. Johann, der übrigens lustigerweise mit Nachnamen ebenfalls – wie der Kieler Fußball-Klub – Holstein hieß, wollte unbedingt noch Nelly gratulieren und tat das auch in seiner stets charmanten Art und Weise.

Asmus hatte inzwischen schon Bratwürste und Lachs-Steaks auf den Grill gelegt und Nelly hatte unumstößlich und trotz des Wetters draußen den Tisch gedeckt. Sie motzte zwar ab und an mit Asmus, aber letztendlich liebte sie ihn schlicht und einfach so, wie er war. »Geht klar mit den Karten«, sagte Kathrin. Nach ihrem zweiten Hoegaaden war ihr klar, dass sie heute Abend nicht mehr zu sich nach Hause fahren würde. Sie ließ sich lieber noch ein drittes Weizen einschenken und schaute zu dem kleinen separaten Steinhaus aus roten Ziegeln, das im Garten unmittelbar an den mit Efeu überwucherten Büschen und großen Kiefern des Waldes stand. Es war ein Mini-Bungalow, den Nelly früher an Urlaubsgäste vermietet hatte. Das Häuschen war von der Rasenfläche des »Hauptgartens« mit kleinen Koniferen abgetrennt und quasi eine Mini-Ferienwohnung für sich. Seitdem sie nicht mehr vermietet wurde, schlief Kathrin immer dort, wenn sie zu Besuch bei ihren Eltern war.

Nelly war früher Chefin des Vier-Sterne-Hotels »Sofitel Métropol« in Lille gewesen und als sie und Asmus beschlossen hatten, gemeinsam nach Kiel zu ziehen, hatten sie folgenden »Ehe-Deal« geschlossen: Asmus musste auf seinen geliebten Nachnamen Asmussen verzichten, dafür zog die erfolgreiche Geschäftsfrau Nelly van Busche nach Norddeutschland und konnte dort wenigstens die Ferienwohnung inklusive Frühstück vermieten. »Das waren noch Zeiten. Ich war damals wirklich eine knallharte Business-Frau«, bemerkte Nelly. Sie hatte danach versucht, an der Universität in Kiel Fuß zu fassen und lehrte dann auch tatsächlich Kurse wie »Landeskunde«, »Linguistik«, »Wortschatzübungen« und »Phonetik« am Romanischen Seminar. Doch es waren Jahr für Jahr immer wieder nur Lehraufträge und Professor Herault und Nelly fanden niemals einen wirklich guten Draht zueinander. So durfte sie auch nie die hoch angesehenen Übersetzungskurse an der Christian-Albrechts-Universität leiten.

Asmus Asmussen – inzwischen van Busche – hatte wie Nelly ebenfalls eine Hotelausbildung gemacht. Er hatte im Hotel »Kieler Kaufmann« Koch gelernt und danach eine Ausbildung zum Berufsschullehrer an der Uni draufgesattelt. Inzwischen war er aufgestiegen zum Abteilungsleiter »Ernährung« an der Gewerblichen Berufsschule am Schützenpark in Kiel und verdiente als Beamter mit A 14 gutes Geld. Asmus hatte in seiner Abteilung ein nettes Team und er fühlte sich an »seiner Schule« sehr wohl. Zwar war der Unterricht mit den Köchen nicht immer leicht, aber in einigen anderen Abteilungen der Berufsschule ging richtig die Post ab. »Am schlimmsten sind die Maler und die Fleischer – da kannst du dich als Lehrer lieber gleich erschießen. Prost«, sagte Asmus, der sich am Grill sein zweites Holsten aufgemacht hatte. Er war ein typisches Nordlicht – mit blonden Haaren und blauen Augen. Nelly war eine stilvolle bildschöne Französin mit braunen Haaren und dunkelbraunen Augen. Sie sprach noch immer mit einem leichten Akzent, der sie besonders interessant machte. Kathrin hatte ihre blonde Mähne von Asmus geerbt und die dunkelbraunen Augen von Nelly – so eine Kombination war äußerst selten! Unvermittelt begann es, erneut zu nieseln.

Nelly brachte das ganze Geschirr ins Wohnzimmer und begann von neuem zu schimpfen: »Grillen, bei dem Wetter! Ich habe es dir ja gleich gesagt!« Asmus holte die Lachs-Steaks und die Würstchen vom Grill und brutzelte in der Küche mit einer normalen Bratpfanne weiter. Kathrins Handy klingelte. Sie ging mit dem Mobiltelefon ins Arbeitszimmer von Asmus. Jan-Malte Christiansen, Lorentzens Pressechef war dran: »Hallo Kathrin. Entschuldigung, dass ich noch so spät störe, aber ich habe da etwas Interessantes für dich. Ich habe mit Martin Hesse von der Blitz-Zeitung telefoniert und er hat mir erzählt, von wem die das Foto von Juliane Schlichting haben, das sie auf der Titelseite abgedruckt haben.« Kathrin war vom Bier schon etwas angeschlagen und hoffte, dass Jan-Malte es nicht mitbekam: »Du meinst das kleine private Porträtfoto.« »Ja, genau! Nach ein wenig Nachbohren und einem kleinen Gegengefallen meinerseits hat Herr Hesse mir erzählt, dass sie schon am Mordabend mit den Mitarbeitern der ‚Goldschmiede am Holstentörn' im Kontakt standen. Rate mal, wer es der Blitz nach zähen Verhandlungen für 1000 Euro verkauft hat!« Jetzt auch noch Denkaufgaben, dachte sich Kathrin, und das mit drei Hoegaarden im Blut: »Was weiß ich, Jan-Malte. Nun erzähl schon!« »Es war die Kollegin der Getöteten: Marje Andresen aus dem Juwelierladen. Sie wollte wohl erst nicht damit rausrücken, aber bei 1000 Euro wurde sie schwach. Kurz nach dem Mord lief der Deal dann an der Haustür ab: 1000 Euro bar auf die Hand für das Foto. Unglaublich, was! Die haben dann sogar wegen des Fotos später mit dem Andruck der Zeitung begonnen.« Kathrin wusste noch nicht genau, was sie mit der Information anfangen sollte, bedankte sich aber dennoch: »Danke, Jan-Malte. Marje Andresen ist ohnehin ein wenig suspekt. Mal schauen, was das alles zu bedeuten hat. Wir sehen uns übrigens erst übermorgen. Morgen bin ich in Wiesbaden, verhöre den Ex-Mann von Juliane Schlichting. Tschüs, Jan-Malte. Und: Danke noch mal.«

Inzwischen saßen Asmus und Nelly schon im Wohnzimmer am großen Esstisch und auch die Würstchen und Lachs-Steaks waren mit Hilfe von Grill und Bratpfanne endlich fertig. »Musst du so spät noch arbeiten?«, fragte Nelly. »Ach, war nichts Wichtiges«, wiegelte Kathrin ab. Sie wollte Nelly an ihrem Geburtstag nicht mit dem brutalen Mord behelligen, sondern lieber einfach so ein wenig plaudern und Spaß haben. »Edel sei das Bier«, sagte Asmus und die drei prosteten sich erneut zu und begannen, die Grillspezialitäten mit einem Blumenkohl-Salat und frischem Weißbrot zu genießen.

Sie plauderten über alte Zeiten und Asmus erzählte zum tausendsten Mal die Geschichte, wie sich Nelly und er bei seinem ersten Schüleraustausch mit den Köchen in Nellys Hotel in Lille kennen gelernt hatten. Asmus betonte immer wieder und unbeirrt, dass es beim Tomatenschneiden in der Hotelküche »sofort gefunkt hat«, was Nelly aber stets abstritt. Sie meinte, dass so etwas doch nicht nach fünf Sekunden passiert, sondern über die ganzen Tage und gemeinsamen Stunden des Austausches mit den Köchen entstanden sei: »Der Abend am Strand von ‚Le Touquet'. Erinnerst du noch, Asmus, da haben wir uns doch erst das erste Mal geküsst!« Kathrin mochte die Geschichte immer wieder gerne hören – wie immer es damals auch genau gewesen sein mag.

Zum Abschluss des schönen Abends bestellte Kathrin noch pflichtbewusst für sechs Uhr früh ein Taxi vor, damit sie am nächsten Morgen pünktlich zum Flughafen in Kiel-Holtenau kommen konnte. Sie wünschte Nelly und Asmus eine gute Nacht und ging dann in ihr »kleines Reich«, in den Mini-Bungalow im Garten. Kathrin ging über den feuchten Rasen an den Koniferen vorbei zum Gartenhäuschen. Ein paar Vögel zwitscherten und Kathrin konnte in der Dämmerung durch den Kiefernwald noch schwach die Kieler Förde erkennen. Vom Mini-Bungalow aus rief die Kommissarin noch spät am Abend ihren Chef an. »Hallo Frau van Busche. Gibt es etwas Neues?«, fragte Lorentzen völlig überrascht. »Ja«, sagte Katrin mit fester Stimme und überzeugendem Ton, »das mit den Karten für das Pokalspiel geht klar. Pressetribüne im Holstein-Stadion – mit bestem Blick aufs Spielfeld.«

Ermittlungen in Wiesbaden

Flughafen Kiel-Holtenau, 18. März

Pünktlich um 8.10 Uhr hob die Maschine des Flugs LH 9989 mit Kommissarin van Busche an Bord von dem winzigen Flughafen in Kiel-Holtenau ab. Kathrin mochte den »Mini-Airport«, er war so ungemein beschaulich: Kein Parkplatzproblem, kein Menschen-Andrang, nur ein klitzekleines Gepäckband und die Passagiere gingen die paar Schritte zu Fuß übers Rollfeld direkt zum »City-Hopper«, der kleinsten Maschine im Lufthansa-Angebot. Pro Tag gab es ab Holtenau insgesamt nur fünf Flüge, drei nach Frankfurt, zwei nach Köln/Bonn. Am Wochenende war es sogar täglich nur einer, nach Frankfurt.

Der »City-Hopper« war eine Propellermaschine und flog direkt über die Kieler Förde: »Der Ausblick – einfach grandios«, schwärmte Kathrin. Der Himmel war wolkenlos und sie konnte das Ehrenmal in Laboe, den Friedrichsorter Leuchtturm, auf der anderen Seite die HDW-Werft und überhaupt das ganze wunderschöne Panorama über der Kieler Förde hervorragend erkennen. Die Polizeibeamtin war bereits häufig von Holtenau nach Frankfurt geflogen, aber immer wieder von der Kieler Ansicht von oben hellauf begeistert. »Ich werde für Johann nie nach Mainz ziehen!« Kathrin war in Gedanken bei den vielen Problemen, die die Fernbeziehung zu Johann mit sich brachten. »Vielleicht sollte ich mir doch einen anderen Kerl anlachen? Jan-Malte ist doch nicht schlecht – oder der attraktive Typ aus der Wohnung bei mir im zweiten Stock. Der ist bestimmt Sport-Student.« Die Stewardess brachte ein kleines Frühstück und Kathrin bestellte dazu einen Kaffee und einen Orangensaft. Der Flug dauerte gut 90 Minuten. Nach einer sanften Landung nahm Kathrin die S-Bahn um 10.29 Uhr von Gleis Regio 3 von Frankfurt-Flughafen nach Wiesbaden. Lorentzen hatte für sie alles perfekt organisiert.

Der Treffpunkt in Wiesbaden war das Lokal »Sherry & Port« in der Adolfsallee 11. Dort sollte die Kommissarin um 12 Uhr Juliane

Schlichtings Ex-Mann Michael Rose befragen. Kathrins S-Bahn war bereits kurz nach 11 Uhr angekommen und nach dem Stadtplan zu urteilen war das »Sherry & Port« nicht sonderlich weit vom Hauptbahnhof entfernt. Dennoch nahm Kathrin ein Taxi, sie wollte nicht schon wieder unpünktlich sein. Das Lokal lag an einem kleinen, grünen Platz mitten in der Innenstadt. Ein Brunnen plätscherte vor der Kneipe und zwei Alleen von Kastanienbäumen säumten den Kaspar-Kögler-Platz. Von der Mitte des Platzes aus konnte Kathrin nicht weit entfernt eine gewaltige Kirche mit zwei prächtigen, hohen Kirchtürmen sehen. Da sie noch Zeit hatte, lief Kathrin ein wenig an den vielen schönen Altbauten vorbei, die in hellen Farben wie beige, rosé, weiß oder hellgrau gestrichen waren.

Kathrins Handy klingelte. Sie meldete sich förmlich mit »Kommissarin Kathrin van Busche«, da sie dachte, dass Michael Rose dran sei. Es war jedoch Lorentzen: »Frau van Busche, sind Sie schon in Wiesbaden?« »Ja, es hat alles super geklappt – Sie hatten ja alles perfekt vorbereitet!«, antwortete Kathrin. »Was ich Ihnen noch sagen wollte. Die Eltern von Juliane Schlichting sagten mir, dass Herr Rose nicht richtig mit der Trennung und der Scheidung von der Toten zurechtkam. Er hat wohl mehrfach versucht, Juliane Schlichting zurück zu erobern. Er soll auch im Januar noch mal in Kiel bei ihr gewesen sein.« »Danke, Chef!«, sagte Kathrin van Busche, »ich muss leider Schluss machen. Ich glaube er kommt gerade. Tschüs!«

Ein junger, blonder Mann ging schnurstracks auf das »Sherry & Port« zu. »Hübscher Kerl«, dachte sich Kathrin. Die Kommissarin wurde aber sofort wieder sachlich: »Sind Sie Michael Rose?« »Na ja, wenn ich mir Sie so genau anschaue, dann wäre ich ja gerne er. Aber vielleicht darf ich Sie auf einen Kaffee einladen? Ich bin übrigens Jan«, sagte der Unbekannte. Kathrin bekam eine »rote Bombe« – wie man im Norden zu einem rot angelaufenen Gesicht zu pflegen sagt: »Tut mir leid. Ich bin schon verabredet.« Jan zog einen Kugelschreiber und schrieb frech seine Telefonnummer auf einen Zettel. »Wenn du Lust und Zeit hast, dann ruf' einfach mal an. Ich würde mich freuen«, sagte der Blondschopf und ging in die Kneipe.

Kathrin hatte sich gerade von der Begegnung mit Jan erholt, als dann tatsächlich Michael Rose kam. Er war ein schlanker Mann mit dunklen Haaren und bestimmt 1,90 Meter groß. »Sie sind sicher Kommissarin van Busche.«, sagte Rose. »Ja das ist richtig. Allerdings wird es ‚Büsch' ausgesprochen. Es stammt aus dem Französischen«, erklärte die Polizeibeamtin. »Oh, Entschuldigung, das wusste ich nicht.« »Macht nichts«, entgegnete Kathrin. Die beiden gingen ins Lokal. Im »Sherry & Port« hingen lauter Fotos von Jazzmusikern: Eine schwarze Saxophonistin, Trommler, Pianisten, eine schwarze Sängerin, zwei Männer an der Klarinette und auch etliche kleine Fotos von Live-Auftritten aus dem »Sherry & Port« schmückten den Laden. Der Tresen bestand aus dunklem Holz, die Wände waren in einem merkwürdigen gold- bis dunkelbraunfarbenen Ton gestrichen und an der Decke befand sich goldener Stuck.

Kathrin van Busche und Michael Rose nahmen an einem Tisch Platz, der direkt neben einem schwarzen Klavier stand. Im Hintergrund dudelte es »Sugarbaby-Love« und Jan, der zwei Tische weiter saß zwinkerte ihr zu allem Überfluss auch noch zu. »Schöne Kneipe, aber definitiv der falsche Ort für ein Verhör«, dachte sich Kathrin, um dann doch sofort die erste Frage zu stellen: »Wie haben sie sich in letzter Zeit verstanden?«

»Na ja, wir sind seit zwei Jahren geschieden. Da ist es natürlich schon ein wenig schwierig«, meinte Rose. »Einfach nur schwierig? Oder gab es bei Ihnen richtig Zoff?«, fragte die blonde Kommissarin forsch. »Zu echtem Zoff bestand ja kein Anlass mehr. Wir waren auseinander – haben mal ab und zu miteinander telefoniert.« Kathrin bohrte nach: »Stimmt es, dass Sie im Januar bei Ihrer Ex-Frau zu Besuch in Kiel waren?« »Ja, das stimmt.«. Rose zögerte. »Sie müssen wissen, dass wir hier in Wiesbaden-Dotzheim noch eine Doppelhaushälfte besitzen. Wir haben sie nach der Scheidung nicht verkauft, da die finanziellen Verluste zu groß gewesen wären. Ich war im Januar bei Juliane, um das weitere Vorgehen bezüglich des Hauses zu klären.«

Die Bedienung kam. Die kleine braunhaarige Frau mit blauer Jeansjacke und schwarzer Schürze begrüßte die beiden freundlich. Die Karte des »Sherry & Port« war wie eine Zeitung aufgemacht und hatte auch den Untertitel »Erste Wiesbadener Lokal Zeitung«. Zudem verwies die Bedienung auf eine Tafel, auf der verschiedene Stammessen aufgelistet waren.

Stammessen

Roter Heringssalat mit Pellkartoffeln 5,50

Handkäs mit Musik 3,75

Zwiebelrostbraten, Kartoffel-

schmarrn + Salat 13,00

Käseteller mit Trauben 5,50

Für Kathrin war keines der Stammessen interessant, sie blätterte in der »Lokal-Zeitung«, entdeckte zunächst ein reichhaltiges und hervorragendes Malt Whisky- und Sherry-Angebot, und wählte schließlich einen »Half-pounder mit frittierten Kartoffelecken« und einen Milchkaffee. Michael Rose nahm den Zwiebelrostbraten und einen Apfelsaft. »Sie sagten, dass sie im Januar mit Juliane Schlichting die Hausfrage klären wollten. Wie haben sie sich denn geeinigt?«, fragte Kathrin nach. »Wir haben uns nicht über das Haus gestritten. Wir hatten keine Eile, es ist zurzeit vermietet und die Mieteinkünfte sind fast so hoch wie unsere Kosten. Dabei wollten wir es auch belassen«, meinte Rose.

»Warum haben sie sich dann aber in Kiel getroffen – wenn ohnehin alles klar war?« »Es ist einfach gut, sich auch mal persönlich darüber zu unterhalten. Außerdem wollte ich Juliane ohnehin mal wieder besuchen.« »Wo waren Sie letzten Dienstag?«, fragte Kathrin eiskalt. »Ich war den ganzen Tag bei der Arbeit. Am Abend habe ich mit einem Arbeitskollegen, Armin Winkelbach, hier in Wiesbaden Tennis gespielt. Stehe ich denn jetzt unter Mordverdacht?«, erwiderte Michael Rose. »Wir müssen alles überprüfen. Das ist unser Job.« Michael Rose gab Kathrin seine Visitenkarte von der Firma ‚Deko Rose & Schneider': »Sie können gerne bei uns im Büro nachfragen – ich war den ganzen Tag hier in Wiesbaden.«

Kathrin steckte die Visitenkarte ein und fragte, wie Michael Rose mit der Trennung von Juliane Schlichting zu Recht gekommen sei. »In der Anfangszeit war es schon schwierig. Ich habe die Trennung nie richtig verstanden. Es hört sich vielleicht blöd und abgegriffen an, aber die Zeit heilt nach und nach eben doch die Wunden.« »Wir haben gehört, dass

Sie mehrfach versucht haben, Juliane zurückzuerobern«, entgegnete die Kommissarin.

»Das ist so nicht ganz richtig. Das haben bestimmt Julianes Eltern erzählt! Oder? In der Anfangszeit mag es auch gestimmt haben. Aber so wie die das erzählen, so stimmt es auch nicht so ganz.« »Wie stimmt es denn dann?«, wollte Kathrin wissen. »Juliane war immer für mich meine Traumfrau und lange Zeit konnte ich mich mit der Trennung nur schwer abfinden. Aber irgendwann ist es halt dann einfach durch.« »Haben Sie auch im Januar den Versuch gestartet, Juliane noch einmal umzustimmen?« »Nein«, erklärte Michael Rose.

Als der Ex-Mann von Juliane Schlichting seine Rechnung zahlte und ging, blieb Kathrin van Busche noch sitzen und sagte, dass sie sich noch Notizen machen müsste. Sie blieb jedoch nur, weil sie sich einen schönen Malt Whisky bestellen wollte und es ihr peinlich gewesen wäre, Alkohol zu bestellen, als Rose noch in der Kneipe war. Sie wählte einen »Glenmorangie 10 years old« für schlappe sieben Euro. Er war vom »Sherry & Port« mit 80 Punkten bewertet worden und wurde geschmacklich folgendermaßen beschrieben: Würzige, blumige und malzig-süße Noten, sahnig, fast buttrig. Abgang: Lang und rund. »Auf jeden Fall lecker«, urteilte Kathrin. Sie schaute in die »Erste Wiesbadener Lokal Zeitung« und stellte fest, dass sie mit dem »Glenmorangie« sogar noch günstig wegkam. Ein »Glenturret« oder ein »Glendronach« kosteten stolze zwölf Euro.

Später ging Kathrin zu Fuß zum Wiesbadener Hauptbahnhof und nahm die S-Bahn über den Rhein nach Mainz. Sie ging zu Johanns Wohnung in der Mainzer Neustadt, die sich direkt am Frauenlobplatz befand. Rund um den großen, hübschen Platz befanden sich Kirschbäume, die gerade prächtig und wunderschön in rosa blühten. Es war leicht bewölkt und deutlich wärmer als in Kiel und roch angenehm nach der Kirschblüte. »Hier ist die Natur deutlich weiter als in Kiel. Eigentlich ganz schön«, murmelte Kathrin vor sich hin. Sie hatte einen Schlüssel zu Johanns Wohnung im fünften Stock und wollte noch zwei, drei Telefonate erledigen. Als erstes rief sie bei der Firma »Deko Rose & Schneider« an und überprüfte Roses Angaben. Seine Kollegen Alexander Schneider und Armin Winkelbach bestätigten, dass Michael Rose an dem Mordtag tagsüber bis cirka 18 Uhr in Wiesbaden gearbeitet hat. Zudem erklärte Winkelbach, dass er an dem Abend mit Rose von 20 bis 21 Uhr Tennis gespielt hat. Danach waren sie gemeinsam noch ein Bier trinken.

Kathrin markierte sich in ihrem Notizbüchlein grundsätzlich mit einem roten Kugelschreiber die Angaben, die sie noch überprüfen wollte. Bei Rose hakte sie die rote Markierung ab. Dabei fiel Kathrin ein weiterer roter Eintrag auf. Sie rief bei der Firma WMC in Hamburg an. »Guten Tag. Kommissarin Kathrin van Busche. Ich rufe wegen der Verhandlungen mit dem Goldschmiedemeister Mike Böhm aus Kiel an.« Am anderen Ende meldete sich ein gewisser Heinz Schüler. »Ja, mit Herrn Böhm habe ich mich am Dienstag hier in Hamburg getroffen. Es ging um Herren-Chronographen«, sagte Schüler. »Wann hat Herr Böhm denn ihr Geschäft verlassen?« »Das war so gegen 16.30 Uhr.« »Sind Sie sich sicher?«, fragte die Polizei-Beamtin nach. »Ja, absolut sicher. Ich hatte nämlich um Punkt 16.30 Uhr eine weitere Besprechung und bin dann direkt von Termin zu Termin geeilt«, bekräftigte Schüler. »Vielen Dank, Herr Schüler!«, verabschiedete sich die Kommissarin und dachte sich dabei im Stillen: »Das ist ja äußerst interessant.«

Da Kathrin an dem Morgen schon sehr früh aufgestanden war, überfiel sie nun langsam die Müdigkeit. Sie zog ihre Klamotten aus und schmiss sich nur mit ihren schwarzen Dessous bekleidet in Johanns Bett. »So Johann wieder zu sehen ist bestimmt nicht das Schlechteste.« Kathrin lächelte verschmitzt und schlief bei den Gedanken an Johann schnell und sanft ein.

Johann Holstein kam erst gegen 19 Uhr nach Hause. Als er Kathrin in seinem Bett sah, zog er sich seine Jeans und sein blaues Hemd aus und legte sich zu ihr. Er streifte Kathrin den schwarzen BH langsam ab und liebkoste ihre Brüste. Kathrin war noch im Halbschlaf, sie umarmte ihren Schatz und gab ihm einen leidenschaftlichen, langen Zungenkuss. Johann zog Kathrins schwarzen Slip gemächlich aus und sah nun Kathrins knackigen, kleinen Po. Er war nicht mehr zu halten, er streifte sich selbst sein weißes T-Shirt vom Leib. Beide hatten sich beim Sportstudium in Mainz kennen gelernt und hatten einen athletischen, aufregenden Körper. Johann umfasste ihre Brüste, ihren Hintern, strich zärtlich durch ihre Haare. Sie vergaßen Zeit und Raum und liebten sich nun völlig wild und hemmungslos.

Die beiden lagen eng umschlungen in Johanns Bett und hatten sich viel zu erzählen. Kathrin schmuste an Johanns Schulter und beschrieb »ihre« neue Wache in Kiel-Holtenau. Sie schilderte die glücklichen Umstände, wie sie direkt nach der Kommissarausbildung die Stelle in dem beschaulichen Stadtteil bekam und dass dort eigentlich nicht sonderlich viel los sei. »Genau das Richtige für eine Anfängerin. Vielleicht mal eine Maus im Keller« – so hatte Lorentzen immer wieder über Holtenau gesprochen. Dann berichtete sie von dem Mord, der Soko Juliane, den Presseberichten, den Verhören – wie einfach aus dem Nichts plötzlich das schöne Holtenau im Blickpunkt der Öffentlichkeit stand. Johann lauschte gespannt: »Da kann ich auch verstehen, warum du nie zurückgerufen hast. Ich hatte mir schon Sorgen gemacht.«

Er unterbrach seine Geliebte kurz, da er großen Hunger verspürte. Kathrin und er wollten jedoch nicht mehr in Johanns Stammkneipe »Hafeneck« oder in sonst ein Lokal gehen. Sie bestellten per Telefon eine Pizza Extra-Large mit Tomaten, Mozarella und Basilikum bei »Abbruzzo«, einer kleinen Pizzeria, die nur 20 Meter von Johanns Haus am Frauenlobplatz entfernt lag. Johann holte die Pizza ab und sie tranken einen 2000-er Spätburgunder vom Weingut »Dautermann« aus Ingelheim zum Essen. Johann liebte den Wein aus »seiner Region«. Er kaufte fast ausschließlich edle Tropfen aus dem Rheingau oder aus Rheinhessen. Der Mainzer Sportjournalist sah jedoch eher wie eine Kieler Sprotte aus: Blond, blaue Augen, 1,82 Meter groß. Johann hatte auch einiges zu erzählen: Er berichtete von dem Fußball-Fieber in der ganzen Region, das nach dem Aufstieg des FSV Mainz 05 ausgebrochen war und von der gewaltigen Stimmung im Bruchwegstadion. »Jedes Spiel ist ausverkauft! Man kommt überhaupt nicht mehr an Karten ran. Und zudem spielen die richtig gut Fußball, haben den Deutschen Meister Bremen, den HSV, Leverkusen und Schalke geschlagen. Einfach Wahnsinn, was hier abgeht!«

Nach einem zweiten und dritten Glas Wein vergaßen die beiden den Stress ihrer Arbeit und plauderten von ihren Studienzeiten. Sie hatten beide in Mainz mit dem Lehramtstudium begonnen. Johann hatte Sport und Französisch studiert – Kathrin Sport und Mathematik. »Französisch muss man doch nicht studieren – das kann man doch einfach so« – mit diesem Spruch hatte Kathrin Johann damals beim Sportseminar »Kleine Spiele« angequatscht. Johann wollte daraufhin mit seinen Französischkenntnissen glänzen und legte gleich drauflos: »Bonjour, Madame. Qu'est-ce que vous voulez faire ce soir ?« (Guten Tag, die Dame. Haben Sie heute Abend schon was vor?). Als Kathrin ihm dann in ihrem exzellenten, perfekten Französisch antwortete – sie war zweisprachig aufgewachsen – wurde Johann plötzlich deutlich ruhiger. Der erste Bann war aber gebrochen und bei einem gemeinsamen Abend im »CinéMayence«, einem Kino des »Institut Français«, in dem französischsprachige Filme gezeigt werden, kamen sich die beiden näher. Komischerweise haben beide dann das Studium abgebrochen – Kathrin begann in Mainz mit ihrer Polizeiausbildung für den mittleren Dienst, Johann fing mit einem Volontariat bei der »Mainzer Allgemeinen Zeitung« an.

Kathrin schenkte sich noch ein Glas Spätburgunder nach und sprach von ihrer Kommissarsausbildung in Kiel. Nach der normalen Polizeiausbildung in Mainz hatte sie im hohen Norden ein dreijähriges Fachhochschulstudium absolviert. Alleine das Auswahlverfahren war kein Zuckerschlecken: Neben einer medizinischen Untersuchung inklusive Drogenscreening wurden Sprachverständnis, Intelligenzstruktur, Konzentrations- und Belastungsfähigkeit sowie Rechtschreibkenntnisse geprüft. Dazu kam ein Test der körperlichen Leistungsfähigkeit. »Das war echt hammerhart«, meinte Kathrin.

Im Studium standen dann die Fächer Kriminalwissenschaften, Rechtswissenschaften und soziale Verhaltenswissenschaften wie Pädagogik und Psychologie auf dem Programm. Auch die Persönlichkeitsbildung war ein markanter Teil ihrer Ausbildung. Kathrin lobte die Kommissarsausbildung in Kiel in den höchsten Tönen, als sie merkte, dass Johann schon in ihren Armen eingeschlafen war. Er lag ganz sanft und eng an sie gekuschelt und sah glücklich aus. Kathrin stellte sich den Wecker, damit sie am nächsten Morgen ihren Flieger nach Kiel nicht verpasste und trank genüsslich den letzten Schluck Wein.

Großeinsatz am Kanal

Kiel-Holtenau, 19. März, 1.34 Uhr nachts

Es war eine sternenklare Nacht. Eine unheimliche Stimmung lag über dem Stadtteil, eine furchtbare Ruhe. Nur das leichte Rauschen der Blätter der Eichen, die die Jägerallee säumten, war zu hören. Er spürte die Nähe zum Kanal, der Wind wehte ihm kalt ins Gesicht. Es war stockduster. Die Laternen in der Straße sorgten jedoch für einen matten Lichtschein. An einem Fenster im zweiten Stock des Hauses mit der Hausnummer 20 brannte noch Licht, das durch die roten, verschlossenen Vorhänge schimmerte. Ansonsten war es überall dunkel. Am Straßenrand standen etliche gelbe Müllsäcke – Wertstoffe für den Grünen Punkt. Plötzlich ein Geräusch! Blitzschnell versteckte er sich hinter einem weißen Wohnmobil. Ein Taxi fuhr an der Kanalstraße vorbei, bog jedoch nicht in die Jägerallee ein – es fuhr weiter. Er atmete tief durch.

»Da war doch was!«, Erika Jensen stand senkrecht im Bett. Sie schaute auf die Uhr: 1.36 Uhr. Ihr Herz raste. Neben ihr lag ihr Mann Horst, der offenbar nichts mitbekommen hatte und weiterhin tief und fest schlief. Erika ging in ihrem blauen Nachthemd zum Fenster, zog die Jalousien hoch, machte die Gardine geringfügig auf und schaute durch den kleinen Spalt durchs Fenster. Nichts. Absolute Ruhe. Hatte sie sich getäuscht? Erika guckte konzentriert, was sich auf der Straße tat, doch sie sah und hörte nichts. Horst schlief ja auch weiter. »Vielleicht habe ich einfach schlecht geträumt«, urteilte sie und ging wieder zurück in ihr warmes, kuscheliges Bett.

Vor dem roten Backsteinhaus mit der Nummer 18 war nirgendwo Licht zu erkennen. Vom Kanal böte der Wind auf. Die Kälte zog ihm nun auch noch in die Hosenbeine – die Füße waren ohnehin schon eisig. »Alle schlafen. Es ist perfekt. Jetzt muss ich nur noch rein und mir den Brief holen.« Von der anderen Seite des Nord-Ostsee-Kanals hörte man von weitem einen Hund bellen. »Der ist weit weg - keine Gefahr!« Er nahm den mächtigen Schraubenzieher und mit einem kräftigen Ruck war die Eingangstür zur Jägerallee 18 offen. »Jawohl!« Aber hatte jemand was gehört? Langsam ging er ins Haus und dann hinauf in den dritten Stock zur Wohnung von Juliane Schlichting. Die Tür war mit einem Siegel der Kieler Polizeidirektion versehen.

»Da war doch schon wieder was!«, Erika Jensen kam erneut aus ihrem Kissen hoch. Diesmal hörte sie einen heftigen Stoß von oben. Ganz sicher! Horst hatte wiederum nichts mitgekriegt und schlief wie ein Bär. »Horst, irgendjemand ist hier im Haus. Ich bin mir ganz sicher!«, rüttelte Erika ihn am Arm. Ihr Mann schaute völlig verdattert aus der Wäsche: »Was ist los? Mein Schnucki, ich bin wirklich hundemüde. Lass mich bitte schlafen!« Erika war dieses eine Mal aber hundertprozentig überzeugt. »Horst, jetzt musst du mir beistehen. Wir sind seit 46 Jahren verheiratet. Glaube mir, ich rufe die Polizei!« Sie ging schnurstracks zum Telefon und wählte die 110. Horst kam langsam und noch benommen aus dem Bett hoch und spürte schlagartig, wie ernst es seiner Ehefrau war. Beiden war nun die pure Angst im Gesicht anzusehen. Horst ging zu seiner Frau und nahm sie fest in den Arm, während sie telefonierte.

»Ich bin drin!« Das Polizeisiegel war zerrissen, die Wohnungstür stand offen. Er machte seine Taschenlampe an und ging ohne zu zögern geradeaus in das Wohnzimmer – dort stand der Schreibtisch. Er leuchtete mit seiner kleinen Lampe in Richtung des Schreibtisches. Dann die brutale Ernüchterung: NICHTS!!! Absolut nichts! Keine Stifte, keine Papiere, keine Bücher, die Schubladen waren auch leer. Die Vitrinen mit den Schmuckgegenständen ebenfalls. Wo waren die ganzen Sachen? Wurde alles geklaut? Vor allen Dingen: Wo ist der Brief – sein Brief? Verzweiflung machte sich in ihm breit. »Hat jemand alles mitgenommen. Wenn ja, warum? Und vor allen Dingen: Wer?«

Erika Jensen stand am Fenster und starrte nervös in die Nacht hinaus. Es dauerte nur vier Minuten, bis sie da waren. Von weitem hörte sie schon das Martinshorn. »Horst, sie kommen!« Auch ihr Ehemann kam nun rasch ans Fenster und blickte gebannt auf die Straße: Vier Polizeiwagen rasten auf das Gebäude in der Jägerallee zu und bremsten abrupt vor der Hausnummer 18 ab. Die Straße war durch das Blaulicht hell erleuchtet und das Geräusch der Polizeisirenen war ohrenbetäubend laut. Fünf, sechs Polizeibeamte stürmten in das Haus. Zwei weitere liefen blitzschnell um das Gebäude und sicherten den Hintereingang ab. Kurz darauf fuhr auch noch eine »Wanne« – ein Polizeitransporter mit zwölf Bereitschaftspolizisten – vor, um die Kollegen vor Ort zu unterstützen. Mehrere Beamte in schwerer Schutzausrüstung liefen nun ebenfalls in das Haus. Ein Polizeihubschrauber kreiste tief über Holtenau, seine Rotoren machten gigantischen Krach und rissen sämtliche Anwohner aus ihren sanften Träumen. Er suchte mit einem großen, hellen Lichtschein die Jägerallee ab.

»Ach du Scheiße! Die Bullen!« Hastig versuchte er aus der Wohnung zu entkommen. Er stieß die Tür auf und hörte schon von unten Schritte. »Nur raus hier! Ich muss mich irgendwo verstecken«, stellte er entsetzt fest und floh panisch nach oben. Er lief so schnell er konnte zum Dachboden, machte dann leise die Tür auf und hockte sich lautlos gleich hinter die Tür. Sein Herz war auf 180. Er war bemüht, seinen Atem ruhig zu halten und sich nicht zu bewegen. Zwei Beamte hatten ihn tatsächlich nicht auf der Treppe gehört. Sie stießen in die Wohnung der getöteten Juliane Schlichting vor. Zwei weitere Polizisten sicherten sie mit ihren Pistolen in der Hand ab.

Der Fünfte in Uniform im Treppenhaus hatte jedoch etwas bemerkt. Er schnappte sich einen Kollegen und zeigte mit seiner Waffe nach oben. Die beiden gingen an der Wohnung vorbei hinauf auf den Dachboden. Oben angekommen warteten sie kurz und gaben dann das Zeichen zum Zugriff. Mit einem gewaltigen Ruck knallte die Tür zum Dachboden auf. Der Polizeibeamte stürzte in den Raum – durch den Ruck des Aufschlagens traf die Tür den hinter der Tür kauernden Mann hart am Kopf und am Oberkörper. Er schrie vor Schmerzen: »Ahhhhhhhhh!« Die beiden Beamten erblickten den Mann, stellten ihn und zielten mit ihren Waffen auf ihn. »Nicht schießen! Bitte nicht schießen!«, schrie er verzweifelt. Die beiden legten ihm Handschellen an und führten ihn nach unten ab.

Hauptkommissar Lorentzen war inzwischen auch in der Jägerallee eingetroffen. Er besprach sich mit dem Einsatzleiter. »Gute Arbeit! Da können wir doch endlich was Positives von der Arbeit der ‚Soko Juliane' berichten«, lobte Lorentzen. »Ja, vor allem die Kollegin an der Funkzentrale hat gut reagiert. Sie hat sofort die Jägerallee mit dem Mord an Juliane Schlichting in Verbindung gebracht – sonst wären wir nicht mit so einer großen Besetzung angerückt«, erklärte Einsatzleiter Manfred Rahder. Sie kamen zu dem Schluss, dass der verhaftete Mann mit Lorentzen in die Polizeidirektion fahren sollte und noch direkt in der Nacht verhört werden sollte. Als der Mann in den schwarzen Mercedes von Lorentzen steigen sollte, störte plötzlich ein Blitzlicht die Arbeit der Polizisten. Ein Beamter versuchte mit seiner schwarzen Polizeilederjacke das Gesicht des »Einbrechers« abzudecken, doch der Fotograf ließ sich nicht abhalten. Er schoss zügig und zielsicher ein Foto nach dem anderen…

Die Goldschmiede am Holstentörn II

Flughafen Kiel-Holtenau, 19. März

Um 10.41 Uhr – neun Minuten früher als geplant – setzte die Maschine LH9964 auf der Rollbahn des Flughafens Kiel-Holtenau auf. Kommissarin Kathrin van Busche war während des Fluges zweimal kurz eingeschlafen. Am liebsten wäre sie nun direkt zu sich in die Wohnung nach Düsternbrook gefahren und hätte sich dann dort einfach ins Bett geschmissen. »Mein Rennrad steht ja auch noch bei Nelly und Asmus – das muss ich auch noch abholen.« Doch bevor sie sich ans Schlafen oder Radabholen machte, wollte sie nun vor allem eins: Goldschmiedemeister Mike Böhm nochmals zu seinem Alibi befragen! Schließlich traf sich der Kern der Soko um 16 Uhr – und wenn Kommissarin van Busche dann mit einem Top-Verdächtigen auftrumpfen konnte, das wäre bestimmt nicht schlecht...

Kathrin holte ihren Rucksack von dem Mini-Gepäckband des Airports ab und nahm sich ein Taxi. »Bitte einmal zum Holstentörn«, sagte sie dem Taxifahrer. Als die beiden auf der Hochbrücke über dem Nord-Ostsee-Kanal fuhren, meinte die Kommissarin: »Können Sie bitte das Radio lauter machen?« »Ach, stehen Sie auch auf R.SH? Ich mag Dennis Hoppe ja auch so gerne – und Carsten Köthes Morningshow – da machen sie jetzt immer so ein Zockerspiel – so mit blauen, weißen und roten Umschlägen. Und die Musik ist auch echt spitze!«, hörte der Taxifahrer gar nicht mehr auf zu erzählen. »Nein, mir ist der Sender völlig schnuppe. Ich will die Nachrichten hören!«, entgegnete die Kommissarin leicht genervt.

Der Taxifahrer schaute ein wenig eingeschnappt, machte das Radio aber lauter. Die Stimme der Nachrichtensprecherin war nun trotz der Fahrgeräusche klar zu hören:

R.SH Nachrichten, 19. März, 10.55 Uhr

Fünf vor 11
Mein Name ist Christiane Hampe und das sind unsere Nachrichten im Überblick:

Mordfall Juliane S. offenbar vor Aufklärung

Pokalspiel Holstein Kiel gegen Mainz restlos ausverkauft und

Das Schleswig-Holstein-Wetter: Heiter bis wolkig – die Temperaturen steigen auf 12 bis 14 Grad

Großer Erfolg für die Kieler Polizei im Mordfall Juliane S.: Die Beamten haben in der Nacht in der Wohnung der getöteten Goldschmiedin in Kiel-Holtenau einen Mann festgenommen. Die Identität des Verhafteten ist noch unklar. Die Polizei war mit über 30 Beamten im Einsatz – auch ein Hubschrauber wurde eingesetzt. R.SH Schleswig-Holstein Reporter Andreas Otto:

Der so genannte »Dolch-Schlitzer von Kiel« scheint der Polizei ins Netz gegangen zu sein. Gegen halb 2 heute Nacht überwältigte die Polizei einen Tatverdächtigen im Stadtteil Holtenau. Eine Nachbarin der brutal niedergestochenen Goldschmiedin hatte die Beamten alarmiert. Die Soko Juliane rückte mit zwölf schwer bewaffneten Polizisten und einem Hubschrauber mit Suchscheinwerfern ein. Ob es sich bei dem Mann tatsächlich um den Täter handelt, will die Kieler Polizei auf einer Pressekonferenz heute um 14 Uhr bekannt geben. Zur Identität des Mannes machte die Polizei bislang keine Angaben. Andreas Otto aus Kiel für R.SH.

Der Pokal-Knaller Holstein Kiel gegen den FSV Mainz 05 ist restlos ausverkauft. Wie der Regionalligist…

»Vielen Dank! Sie können das Radio wieder leiser machen«, sagte Kathrin, die nun völlig durcheinander war. »Fahren Sie mich bitte nun doch woanders hin. Bitte zur Kriminalpolizeidirektion, Blumenstraße.« Aber da wird zurzeit auch die Hölle los sein, ahnte die Kommissarin, da stehe ich bestimmt nur wie Falschgeld im Wege rum. »Sorry, ich bin ein wenig verwirrt. Fahren Sie mich bitte in die Wrangelstraße. Oder, Nein! Entschuldigung, bitte nach Kitzeberg, Uhlenholt 17.«

Der Taxifahrer, der inzwischen auf der Holtenauer Straße fuhr, setzte seinen Blinker rechts, parkte auf dem Seitenstreifen und stellte vorerst den Motor ab. »Also, Gnädigste. Ich mache Ihnen gerne RSH lauter. Ich fahre Sie auch gerne überall hin. Von mir aus nach Hamburg oder nach Paris! Aber Sie müssen sich schon entscheiden. Wo soll's denn nun hingehen?« Die Beamtin war wirklich völlig durch den Wind. »Entschuldigen Sie vielmals. Sie haben völlig Recht! Jetzt denken Sie bestimmt ich bin blond und blöd.« Der Taxifahrer schaute sie an, sagte aber nichts. »Also gut, bitte nach Kitzeberg, Uhlenholt 17 – ich entscheide mich auch ganz sicher nicht mehr um«, meinte sie kleinlaut.

Als sie beim Haus von Nelly und Asmus in Kitzeberg angekommen waren, gab Kathrin van Busche dem Taxifahrer ein sattes Trinkgeld von fast fünf Euro, da ihr ihre unentschlossene Fahrzielangabe doch mehr als peinlich erschien. Der Fahrer bedankte sich nun allerdings so, als ob er gerade den besten Fahrgast aller Zeiten befördert hätte – und der war sie zumindest heute nun wirklich nicht! »Geld regiert die Welt«, dachte sich Kathrin still und leise und stieg aus dem Taxi aus.

Vor dem Haus stand Nellys grünes Käfer-Cabrio, Asmus' Audi war indessen nicht da. Bevor die Polizistin ins Haus ging, rief sie zunächst bei Lorentzen an. Besetzt! Sie drückte bei ihrem Handy die Wahlwiederholung. Immer noch besetzt. Dann entschied sie sich um und rief bei der Goldschmiede am Holstentörn an. »Goldschmiede am Holstentörn, Andresen, was kann ich für Sie tun?« Kathrin fragte, ob Mike Böhm im Laden sei. »Ja klar, Frau Kommissarin. Soll ich ihn holen?«, meinte Marje Andresen. »Nein, ist nicht nötig. Sind Sie sich denn sicher?«, fragte Kathrin nach. »Natürlich! Was soll der Quatsch?«, entgegnete die junge Goldschmiedin. »Entschuldigung, Frau Andresen. Ich, ich, ähh«, Kathrin stutzte und fand erst nach ein paar Sekunden wieder ihre Worte. »Ich wollte heute um 12 Uhr noch mal vorbei kommen. Ich habe noch ein paar Fragen.« »Klar, kein Problem, heute ist ohnehin nicht viel los.«

Die Polizistin war verunsichert. Was ist denn nun eigentlich passiert? Sie probierte es erneut bei Lorentzen. Freizeichen! Er meldete sich ungewöhnlich förmlich: »Polizei-Kriminaldirektion Kiel, Hauptkommissar Horst Lorentzen am Apparat.« »Hallo Chef, ich bin's«, sagte Kathrin van Busche nur kurz. »Gut, dass Sie anrufen, Frau van Busche. Sie haben es sicher schon gehört: Wir haben heute Nacht den Freund von Juliane Schlichting in Holtenau festgenommen. Robert Diedrichs - der Architekt aus Plön, Sie wissen schon! Er war in die Wohnung der Toten eingebrochen. Die Presse glaubt nun, dass wir den Mörder geschnappt haben, wir sind uns aber noch überhaupt nicht sicher. Oh, ich habe ein Gespräch auf Leitung zwei. Frau van Busche, wir sehen uns um 16 Uhr in meinem Büro. Tschüs.« Lorentzen hatte aufgelegt.

Kathrin ging zunächst einmal zu Nelly ins Haus. »Hallo Kleine. Das ist ja eine schöne Überraschung! Komm' rein«, sagte Nelly und nahm sie herzlich in den Arm. Nelly machte einen schönen Früchtetee, obwohl Kathrin schon wieder halb auf dem Sprung war. Aber so ein heißes Getränk und ein wenig Plaudern mit Mutti über Gott und die Welt war bestimmt jetzt erstmal genau das Richtige, fand Kathrin. »Hast du gehört, Kleine, sie haben diesen Dolch-Schlitzer geschnappt. Damit hast du doch aber nichts am Hut, oder?«, fragte Nelly prompt. Kathrin mochte generell nicht mit ihrer Mutter über ihren Beruf sprechen, da sie sich sonst unnötig Sorgen machen würde. »Nein, Nelly. Habe ich gar nicht mitbekommen.« Kathrin wechselte das Thema und lobte nochmals den Geburtstagsabend ihrer Mutter: »Das war wirklich sehr schön, aber das echte Angrillen müssen wir ja noch mal nachholen. Johann kommt morgen nach Kiel. Vielleicht können wir ja am Sonntag bei euch grillen.« »Ach, das ist ja toll! Klar! Asmus wird sich freuen. Dann kann er endlich mal wieder zündeln«, antworte Nelly mit leuchtenden Augen. Sie mochte Kathrins Freund sehr gerne und freute sich garantiert wie eine Schneekönigin auf ein Wiedersehen mit »ihrem Johann«, den sie am liebsten sofort als Schwiegersohn gesehen hätte – doch so etwas sagte Nelly nie direkt.

Inzwischen war es schon 11.50 Uhr. Kathrin war spät dran. Nelly beschloss, sie in die Stadt zu bringen: »Ich muss ohnehin noch was besorgen. Wir fahren offen und packen dein Fahrrad hinten in den Käfer.« Die beiden zogen sich zwei schwarze Wollmützen über – Nelly sprach von ihren »Cabriomützen« – klappten das Dach des Käfers auf, legten Kathrins Rennrad vorsichtig nach hinten und fuhren so offen bei 12 bis 14 Grad am Kieler Ostufer entlang. Es war zwar kalt, aber richtig schön luftig. »Dein Käfer ist echt die Wucht! Man wird richtig klasse durchgepustet«, sagte Kathrin mit einem Lächeln im Gesicht. Direkt am Sophienhof in der Kieler Innenstadt setzte Nelly Kathrin ab und Nellys grüner Käfer knatterte weiter offen in Richtung Wik, wo sie sich noch in einer Boutique einen Rock und eine Bluse »oder so was« kaufen wollte.

Kathrin schloss ihr Fahrrad an und ging direkt zur Goldschmiede am Holstentörn. Meister Mike Böhm wirkte entspannt und begrüßte die Kommissarin freundlich. Auch Marje Andresen und die Auszubildende Christina Roth waren im Laden und nickten der Polizistin freundlich zu. Böhm bat Kathrin van Busche erneut in den kleinen Hinterraum. Sie setzten sich auch wieder an den alten, schönen Schreibtisch aus massivem Kirschholz. Der Goldschmiedemeister schloss die Tür, damit sie ungestört sprechen konnten und schob den modernen LCD-Monitor, der auf dem Schreibtisch stand, ein kleines Stück zur Seite. »Sie haben ja saubere Arbeit geleistet. Glückwunsch!«, sagte Böhm zur Begrüßung. »Wovon sprechen Sie?«, fragte die blonde Beamtin. »Ich hab's im Radio gehört. Sie haben den Mörder doch geschnappt.«

Kathrin dachte sich ihren Teil und ging ganz offiziell zu ihrem Verhör über: »Vielen Dank für das Kompliment. Wir haben tatsächlich gestern einen EINBRECHER festgenommen, der in die Wohnung der getöteten Juliane Schlichting eingedrungen ist. Ob er jedoch auch der Mörder ist, ist bislang VÖLLIG unklar!« Das saß. Böhm schaute etwas irritiert, doch die Kommissarin legte gleich nach: »Ich habe noch mal in meinen Akten nachgeschaut und Sie haben angegeben, dass Sie am Tag des Mordes an Juliane Schlichting erst um 19 Uhr wieder in Kiel waren. Ist das richtig?« Böhm war nun völlig aus dem Tritt: »Ja, das hatte ich Ihnen doch schon gesagt.« Kathrin van Busche fragte weiter: »Vorher waren Sie in Hamburg bei der Firma WMC und haben mit Herrn Heinz Schüler über Herren-Chronographen verhandelt. Richtig?« »Aber Frau van Busche, was soll das alles? Ich habe Ihnen doch schon alles erzählt. Ich denke, Sie haben den Kerl doch gestern Nacht erwischt und das ist doch prima. Was soll der ganze Krams jetzt?« »Herr Schüler hat angegeben, dass die Verhandlungen mit Ihnen in Hamburg schon um 16.30 Uhr beendet waren. Ich fahre auch ab und zu nach Hamburg, aber zweieinhalb Stunden habe ich noch nie gebraucht!« Der Goldschmied Böhm wurde nun blass im Gesicht und verstand plötzlich die Welt nicht mehr.

»Herr Böhm, was haben Sie in der Zeit von 16.30 bis 19 Uhr gemacht?«, fragte die Kommissarin sachlich und kühl. Er zögerte: »Naja, wissen Sie. Ich bin sehr gerne in Hamburg.« »Herr Böhm, bitte beantworten Sie mir meine Frage!« Der Goldschmied schaute auf den Fußboden und stotterte: »Ich, ich war noch, na ja, ich war noch ein wenig in, in Hamburg...«, Böhm zögerte erneut, »bummeln - einkaufen auf der Mönkebergstraße. Genau! Einkaufen!«

Kathrin van Busche zog ihren Notizblock heraus. »Einkaufen?«, fragte sie skeptisch. »Ja, ich war noch in Hamburg shoppen«, sagte Böhm nun wieder etwas selbstbewusster. »Dann haben Sie ja noch sicher Ihre Einkaufsbelege, Herr Böhm, oder?« »Mmmh, nein, ich wollte mir einen Anzug kaufen, habe aber nichts Passendes gefunden«, erklärte der Chef der Goldschmiede am Holstentörn. »Gut«, sagte die Kommissarin, »dann nehme ich das mal zu Protokoll, oder?« »Ja, machen Sie das«, sagte Böhm, als ob es selbstverständlich sei, und dennoch hatte er dabei ein mulmiges Gefühl.

Mike Böhm wollte Kathrin van Busche schon zur Tür hinausbegleiten, doch die Polizistin wollte auch noch Marje Andresen in dem kleinen Hinterraum sprechen. Der Goldschmiedemeister ging mit grübelndem Gesicht aus dem Hinterraum zurück in den Laden und ließ die beiden jungen Frauen allein. »Frau Andresen, eins vorweg, falls Sie auch Radio gehört haben: Der Mord an Juliane Schlichting ist noch nicht aufgeklärt. Gestern wurde lediglich ein Einbrecher in der Wohnung der Toten gefasst. Ob er etwas mit dem Mord zu tun hat, ist noch völlig unklar.« »Ach, aber bei delta radio haben sie doch gesagt, dass sie den Dolch-Schlitzer schon geschnappt haben«, antwortete die hübsche Goldschmiedin mit dem Pagenkopf prompt. »Tja, manchmal ist Radio hören halt nicht so informativ«, entgegnete die Beamtin mit einem gewissen überlegenen Unterton.

»Zur Sache, Frau Andresen. Wissen Sie zufällig, wie die Blitz-Zeitung an das private Foto von Juliane Schlichting gekommen ist?« Marje Andresen rückte den Stuhl ein wenig von dem antiken Schreibtisch ab und schlug das linke Bein über das rechte: »Nö, keine Ahnung!« »Frau Andresen, ich bitte Sie! Wissen Sie denn auch nicht, von wem Sie an dem Mordabend an Ihrer Haustür 1.000 Euro bekommen haben?« Jetzt wurde die Goldschmiedin richtig sauer: »Wenn Sie eh schon alles wissen, warum fragen Sie mich dann überhaupt noch, Frau Kommissarin Superschlau!«

Kathrin wusste, dass man in solchen Situation besser nicht antwortet – das hatte sie während ihrer Ausbildung in Rollenspielen trainiert. Sie wartete kurz und setzte dann zur Gegenfrage an »Warum verheimlichen Sie mir denn wichtige Informationen im Mordfall Juliane Schlichting, Frau Andresen? Haben Sie etwas zu verbergen?« »Mann, ich hab' dem Typen von der Blitz das Foto verkauft! Ist das vielleicht verboten? Der wollte das unbedingt haben und ich hatte es halt! War von so einem Betriebsausflug. Voll spießig! Anfangs wollt' ich ihm das Bild auch nicht geben. Bei 100, 300 und 500 hab' ich noch Nein gesagt. Aber ab einer bestimmten Summe, da denkt man sich dann schon, ein schöner Urlaub in Südafrika, Brasilien oder Australien – das ist auch nicht richtig schlecht! Für so ein olles Foto.« Kommissarin Kathrin van Busche war über die raffinierte Abgebrühtheit der Goldschmiedin erstaunt, hakte aber trotzdem nach: »Hatten Sie denn dabei gar kein schlechtes Gewissen? Das ist doch pietätlos!« »Nö, ich meine, tot ist tot. Für Juliane ist das doch jetzt völlig egal. Die Leute von der Blitz haben sich doch gefreut und ich freue mich auch - über die Kohle«, meinte Marje Andresen trocken.

Nun war Kathrin richtig sprachlos. So eine Dreistigkeit! Den Mord an ihrer Kollegin finanziell ausnutzen und sich dann noch feist auf eine erschlichene Reise in den Süden freuen. Wie war Marje Andresen bloß gestrickt? »Frau Andresen, es ist natürlich nicht verboten, Fotos zu verkaufen. Ich möchte Sie allerdings darauf aufmerksam machen, dass Sie ihre Einkünfte als – FOTOGRAFIN – auch versteuern müssen. Lohnsteuerklasse 6. Ich habe im Finanzamt einen ganz guten Kollegen. Ich denke mal, da wird es doch keinen Ärger geben, oder?« Nun verzogen sich die Mundwinkel im Gesicht der hübschen Goldschmiedin weit nach unten. »Ja, natürlich. Die Lohnsteuerkarte wollte ich eigentlich heute schon beantragen«, sagte sie in einem leisen, beleidigten Ton. Die Polizeibeamtin markierte sich in ihrem Notizbuch mit rot »Bei Tino im Finanzamt anrufen« und verabschiedete sich sodann freundlich von den Mitarbeitern der Goldschmiede, wobei Marje Andresen und Mike Böhm sie beim Rausgehen mit ihren Blicken wohl am liebsten hätten zu Stein erstarren lassen. Nur Christina Roth schaute ihr mit ihren offenen, stahlblauen Augen ins Gesicht und sagte: »Tschüs und bis zum nächsten Mal, Frau Kommissarin!«

Kathrin van Busche schaute vor dem Laden erstmal auf die Uhr: Es war erst 13.04 Uhr und sie hatte noch fast drei Stunden Zeit bis zum

Treffen der Soko. »Soll ich noch zur Pressekonferenz um 14 Uhr in die Kriminaldirektion fahren?«, dachte sie kurz, um dann sofort den Plan wieder zu verwerfen: Bett! Mein Bett! Zwei Stunden Schlaf waren vielleicht drin. Sie schwang sich auf ihr Rennrad und düste schnell Richtung Düsternbrook. An dem Metro-Grill in der Holtenauer Straße kam sie jedoch nicht vorbei, sie musste einen kurzen Zwischenstopp einlegen: »Eine doppelte Pommes mit Curry-Ketchup zum Mitnehmen.« Zuhause verputzte die Blondine die Pommes in Windeseile schon im Bett liegend und schlief dann rasch ein. Der Wecker klingelte um 15.30 Uhr und so war für ein schickes Äußeres keine Zeit mehr. Kathrins lange, blonde Haare waren vom Schlaf noch völlig zerzaust, sie streifte zügig ihre Klamotten über und fuhr mit ihrem blauen Rad zur Kriminaldirektion in die Blumenstraße.

Im Büro von Lorentzen herrschte eine bedrückende Stimmung. Auf der altmodischen Couch saßen Jan-Malte Christiansen und der kleine Dr. Niels Hinrichs. Kommissar Thomas Meyer und Kathrin saßen auf den zwei unbequemen Sesseln daneben. Lorentzen selbst hockte hinter seinem großen Schreibtisch. Er war stinksauer und donnerte los. »Diese Schweine-Journalisten. Verurteilen sie Diedrichs gleich im Vorhinein – ohne zu wissen, was Sache ist. Mann, das gibt's doch gar nicht! Die hören gar nicht zu, was die Kripo erzählt. Die wollen nur hören: Der hat sie gekillt und fertig!«

So hatte Kathrin ihren Chef noch nie erlebt. Er galt eigentlich als besonders cool, überlegt und scharfsinnig. Gefühlsausbrüche waren norma lerweise überhaupt nicht die Sache des »Intellektuellen«. Nach ein paar Sekunden, die den Beamten der Soko Juliane wie Minuten vorkamen, durchbrach Jan-Malte Christiansen das Schweigen. »Machen Sie sich nichts draus, Herr Lorentzen. Die dachten halt, dass der Fall jetzt geklärt ist. Aber nach Ihren Erklärungen und Ausführungen der Sachlage können die so etwas jetzt zumindest so nicht mehr schreiben.« Hautkommissar Lorentzen schaute skeptisch zu seinem Pressechef hinüber: »Na ja, warten wir mal morgen das Echo in den Zeitungen ab. Ihr Wort in Gottes Gehörgang!« Bevor Lorentzen selbst zum Verhör mit Robert Diedrichs kommen wollte, erhoffte er sich neue Erkenntnisse von den anderen Mitgliedern der Sonderkommission.

Den Anfang des Rapports machte Meyer. Er war vor dem Einbruch mit Dr. Hinrichs in der Wohnung der Getöteten gewesen und hatte sämtliches mögliches Beweismaterial sichergestellt. Meyer galt als außerordentlich sorgfältig. Er berichtete von beschlagnahmten Büchern, Papieren, Kleidungsstücken und vielem mehr. Was ihm jedoch besonders interessant schien, war die Tatsache, dass in der Wohnung keine Schmuckstücke gefunden wurden. »Es könnte also auch ein normaler Raubmord gewesen sein«, meinte der Kommissar. »Neben dem Privatschmuck sind auch die zwei Platin-Eheringe und das Saphir-Smaragd-Collier mit Diamanten aus der Goldschmiede spurlos verschwunden.« Meyer hatte sich in dem Juweliergeschäft und bei den Eltern nach den Schmuckstücken erkundigt und schätzte den Gesamtwert der Juwelen auf 6.000 Euro.

»Wer wusste, dass Juliane Schlichting den Schmuck aus der Goldschmiede noch mit zu sich nach Hause nahm?«, fragte Lorentzen. Kathrin erklärte, dass alle Mitarbeiter der Goldschmiede davon wussten. In diesem Zusammenhang kam ihr plötzlich ein Gedanke, der ihr prompt vor allen rausrutschte: »Marje Andresen hat ein Foto von der Toten an die Blitz-Zeitung verkauft. Für 1000 Euro!« Sie schaute in die Runde und dann zu Jan-Malte hinüber und ergänzte. »Das hat Herr Christiansen von der Blitz herausbekommen!« Sie hatte ein ungutes Gefühl, da sie nun Jan-Maltes Information ausgeplappert hatte. Zudem duzte sie Jan-Malte normalerweise. »Frau van Busche, meinen Sie, Frau Andresen könnte….« – Lorentzen sprach nicht weiter. Kathrin sprach das angespannte Verhältnis zwischen Marje Andresen und der Toten an. »Der Meister Mike Böhm hat alle interessanten Arbeiten immer an Juliane Schlichting gegeben und für Frau Andresen blieb nur Standardschmuck über. Manchmal kann beruflicher Neid zur Eifersucht werden. So etwas kann eskalieren!«

Kathrin van Busche war selbst ein wenig durcheinander. Sie musste erst ihre Gedanken sortieren. Flugs zog die Polizistin ihren eigentlichen Trumpf aus dem Ärmel: »Mike Böhm hat mich übrigens beim ersten Verhör belogen. Er hat doch kein Alibi!« Die Beamtin informierte ihre Kollegen von Böhms Termin in Hamburg, von seinen gelogenen Zeitangaben und seiner plötzlichen angeblichen Shopping-Lust in der Mönkebergstraße – »ohne Kaufbelege.« Lorentzen grübelte: »Ich glaube, die noble Goldschmiede am Holstentörn muss ich mir auch mal genauer anschauen.« Kathrin erzählte dann von ihrem Treffen mit Juliane Schlichtings Ex-Ehemann in Wiesbaden. »Michael Rose war zu der Mordzeit in Wiesbaden. Seine Kollegen und ein Tennispartner konnten seine Angaben bestätigen.« Die blonde Kommissarin ergänzte jedoch auch die Angaben von Julianes Eltern, die Rose als verdächtig einstuften. »Er ist offenbar mit der Trennung überhaupt nicht zu recht gekommen.« »Vielleicht wird Rose ja nur von seinem Arbeitskollegen gedeckt«, sagte Hinrichs mit seiner piepsigen Stimme. Der Einwand von dem Kriminalchemiker schien Kathrin nicht sonderlich wahrscheinlich. Dennoch markierte sie in ihrem Notizbuch mit ihren roten Stift unter dem Namen Michael Rose: »Alibi gegen checken - im Tenniscenter in Wiesbaden anrufen.«

Im Anschluss schilderte Dr. Niels Hinrichs von der Spurensicherung seine neusten Erkenntnisse. Er galt bei den Kollegen als komischer Kauz. Hinrichs Markenzeichen war sein weißer Kittel, den er grundsätzlich trug. Er war nur 1,61 Meter groß, hatte rotblonde Haare, trug eine Nickelbrille und ging nie ohne ein Vergrößerungsglas aus dem Haus. »Ein Toter könnte mich brauchen«, pflegte er immer zu sagen und lachte dabei ein wenig verrückt. Lorentzen schätze seine Arbeit jedoch ungemein – Dr. Hinrichs lebte allein und für seinen Job tat er alles. In sein Labor hatte er extra ein provisorisches Bett hineingestellt und es kam öfter vor, dass er während chemischer Prozesse die Nacht in der Kriminaldirektion verbrachte.

Hinrichs kam zur Sache: »Wir haben mehrere Fingerabdrücke in der Wohnung der Toten eindeutig identifizieren können. Etliche stammen von Robert Diedrichs, am Wasserhahn im Badezimmer, in der Küche, im Schlafzimmer – einfach fast überall. Zudem haben wir auf einer leeren Weinflasche in der Küche Fingerabdrücke von Mike Böhm kenntlich machen können.« Er erklärte, dass zudem Fingerabdrücke von zwei weiteren Personen gefunden wurden. »Von wem sie stammen, ist weiterhin unklar. Nur soviel: Sie stammen nicht von der Goldschmiedin Marje Andresen und nicht von der Auszubildenden Christina Roth.«

Hauptkommissar Lorentzen hatte sich inzwischen nach seinem verbalen Vulkanausbruch gegen alle Journalisten dieser Welt wieder völlig beruhigt – er schien wieder ganz der Alte zu sein. Kathrins Chef bedankte sich für die »zahlreichen, gut recherchierten Informationen« und kam nun selbst zur Sache. Er erzählte von seinem nächtlichen Verhör mit dem Plöner Architekten Robert Diedrichs, dem Freund der ermordeten Juliane Schlichting...

Das Verhör

Kriminaldirektion Kiel, 19. März, 3.26 Uhr nachts

Die Schreibtischlampe in Lorentzens Büro schien dem Mann direkt ins Gesicht. Er war mit Handschellen gesichert und zwei mit Pistolen bewaffnete Polizei-Beamte saßen wegen der Fluchtgefahr des Verhafteten auf dem alten beigefarbenen und abgenutzten Sofa. Zudem hockte eine todmüde Kollegin an dem PC des Hauptkommissars, um das Verhör zu dokumentieren. Marianne Rönner war von Lorentzen extra aus dem Bett geklingelt worden. »Absoluter Notfall im Fall Juliane Schlichting«, hatte er ihr am Telefon erklärt. Daraufhin war sie sofort aus Kronshagen in die Kriminaldirektion gefahren. Dennoch mussten alle Beteiligten rund 15 Minuten auf Frau Rönner warten – 15 Minuten, die nachts um drei Uhr zu einer Ewigkeit werden konnten. Vor allem dann, wenn alle nur da sitzen und keiner auch nur einen Ton sagt. Hauptkommissar Horst Lorentzen begann wie bei jedem Verhör mit den Standardfragen – und erlebte gleich eine dicke Überraschung. »Name?«, fragte Lorentzen. »Robert Diedrichs«, antwortete der junge Mann leise. »Beruf?«, so Lorentzen weiter. »Architekt.« »Wohnort?« – »Appelwaarder 23 a in Plön.« Erst jetzt dämmerte es dem Leiter der Soko Juliane allmählich: »Robert Diedrichs – Architekt aus Plön – so hieß doch auch der Freund der Getöteten….«

»Sind Sie der Freund der ermordeten Goldschmiedin Juliane Schlichting?«, fragte er nun forsch. »Ja«, erwiderte Diedrichs. »Was haben Sie denn zum Teufel in der Wohnung gemacht?« Robert Diedrichs schaute auf und blickte dem Kommissar nun erstmals direkt in die Augen. Er war ein gepflegter, großer und schlanker Mann Anfang 40 mit braunen Haaren und braunen Augen. »Ich habe etwas gesucht«, sagte der Architekt mit zittriger Stimme. Lorentzen hielt dem Blick von Diedrichs stand und wollte das Verhör gleich cool und zügig zum Ende bringen: »Die Tatwaffe?«, fragte er. Frau Rönner schaute gespannt von ihrem Computer hoch. »Nein! Ich habe sie nicht umgebracht. Ich habe sie geliebt! Über alles!«, winselte Diedrichs und begann, zu weinen. »Herr Diedrichs, was haben Sie denn dann gesucht?«, wollte Lorentzen unbeeindruckt von seinen Tränen wissen. Der Verhaftete schluchzte. »Herr Diedrichs, noch einmal: Was haben Sie in der Wohnung Ihrer toten Freundin gesucht?« Nun brach der Architekt völlig zusammen. Er legte seine beiden Arme auf den Schreibtisch, verbarg sein Gesicht darin und heulte erbarmungslos.

Marianne Rönner stand auf. »Ich mache erst mal einen Kaffee. Ich glaube, den können wir alle gebrauchen«, sagte sie. Auf dem Sofa war der eine der beiden Polizeibeamten auch bereits zweimal leicht eingenickt. Sein Kopf war jeweils leicht nach links gefallen, um dann sofort wieder konzentriert zum Verhafteten zu schauen. Ein paar Minuten später brachte Frau Rönner eine große Kanne Kaffee mit Zucker, Milch und fünf Tassen in das Bürozimmer des Chefs und goss den Beamten und dem Architekten einen Becher des heißen Getränks ein. »Das beruhigt«, sagte sie aufmunternd zu Diedrichs, der sich inzwischen auch wieder ein wenig gefangen hatte.

Lorentzen nahm einen kräftigen Schluck Kaffee und begann von vorn: »Also gut, Herr Diedrichs. Was haben Sie in der Wohnung von Juliane Schlichting gesucht?« »Einen Brief«, entgegnete der Architekt. »Was für einen Brief?«, fragte Lorentzen weiter. Diedrichs stiegen erneut die Tränen in die Augen. »Sie müssen verstehen, Herr Kommissar. Juliane und ich haben gerade eine ganz schwere Zeit durchgemacht. Wir haben uns fantastisch verstanden - bis zu ihrer Schwangerschaft.« Lorentzen war nun überrascht: »Was war denn das Problem? Ein Baby ist doch ein Grund zur Freude.« Robert Diedrichs schaute zur Wand ins Leere und antwortete kaum hörbar. »Das Kind war nicht von mir.«

Der Kommissar musste selbst kurz schlucken, legte eine kurze Pause ein und nippte zunächst erneut an seiner Tasse. Ihm gingen die Gedanken durch den Kopf. Ein typischer Eifersuchtsfall? Diedrichs kam mit dem Kind von dem anderen nicht zurecht – sie wollte sich von ihm trennen – und er sah nur die Lösung, seine Freundin zu töten. »Von wem war das Kind?«, wollte er wissen. »Das hat mir Juliane nie verraten. Ich habe sie mehrfach angefleht, es mir zu sagen. Aber sie wollte es geheim behalten.« »Haben Sie einen Verdacht?«

Diedrichs nahm einen Schluck Kaffee und verneinte die Frage. Lorentzen war nun in seinem Element: »Wollte Ihre Freundin das Kind behalten?« Diedrichs sagte leise und etwas enttäuscht: »Ja – eine Abtreibung kam für sie überhaupt nicht in Betracht.« »Was hat das Kind mit dem Brief zu tun?«, fragte der Hauptkommissar. »Ich hatte Juliane in einem langen Brief mitgeteilt, dass ich sie trotzdem liebte. Und dass ich bei ihr bleiben wollte. Dass wir beide das durchstehen können«, erzählte der Architekt. »Warum sind Sie denn wegen des Briefes in die Wohnung eingebrochen?«, erkundigte sich Lorentzen. Robert Diedrichs sagte, dass er Angst davor hatte, dass die Polizei die Sache mit dem Kind herausbekommen würde: »So bin ich doch jetzt der Hauptverdächtige. Ich wollte mir einfach nur den Brief aus der Wohnung holen und ihn vernichten. Dann wäre gar nichts von unseren Problemen ans Licht gekommen.«

Das mit dem Hauptverdächtigen kann man wohl laut sagen, dachte sich Hauptkommissar Horst Lorentzen still und setzte sein Verhör fort. »Wie lange sind Sie bereits mit Juliane Schlichting befreundet gewesen?« »Genau seit dem 16. August letzten Jahres. Wir haben uns bei einem Segeltörn in Schilksee kennen gelernt«, erklärte Diedrichs. »Das heißt, sie waren noch nicht einmal ein Jahr zusammen? Und schon konnten Sie ihr diesen fatalen Seitensprung verzeihen?«, fragte Lorentzen ungläubig.

»Das können Sie nicht verstehen, Herr Kommissar. Juliane war meine große Liebe!« »Nein, das kann ich tatsächlich nicht verstehen!«, meinte Lorentzen und wurde lauter: «Herr Diedrichs, SIE waren aber offensichtlich nicht die große Liebe von Juliane Schlichting. Sonst wäre wohl kaum dieses Kind entstanden!« »Das stimmt nicht«, empörte sich nun der Architekt. »Herr Diedrichs, Juliane Schlichting wollte sich von Ihnen trennen – und Sie sind damit nicht zu recht gekommen. Geben Sie es doch zu!« »NEIN, NEIN, NEIN!«, schrie nun Diedrichs. »Sie sahen keine Lösung mehr und dann haben Sie sich mit dem Messer in ihrer Wohnung versteckt.« »NEIN – das ist nicht wahr!«, grölte der Verdächtige. »Herr Diedrichs, haben Sie Juliane Schlichting getötet?«, Lorentzens Stimme wurde nun wieder ruhig und sachlich. »Ich habe Sie geliebt! Ich hätte ihr nie etwas Böses angetan«, sagte Diedrichs. »Wo waren Sie am Dienstag zwischen 18 und 19 Uhr?« »Ich war in Lutterbek, im Lutterbeker. Eine Familie, für die ich in Elmschenhagen ein Einzelhaus geplant habe, hatte mich zum Essen eingeladen.« »Dann können die das ja sicherlich bezeugen«, meinte Lorentzen. »Ja, Sie können gerne nachfragen. Herr und Frau Beek, Isarweg 63 b in Elmschenhagen«, erwiderte Diedrichs nun ebenfalls wieder etwas ruhiger. »Wir werden das prüfen. Sie bleiben vorerst in Untersuchungshaft«, befahl der Chef der Soko Juliane.

Die beiden Polizeibeamten standen von dem Sofa auf und führten den Architekten Robert Diedrichs aus dem Büro. Lorentzen schaltete seine Schreibtischlampe aus und um 4.19 Uhr in der Nacht verließen schließlich auch Marianne Rönner und er die Kriminaldirektion in Kiel.

Die Mitglieder der Soko hatten den beeindruckenden Bericht von ihrem Chef mit Spannung verfolgt. Lorentzen war ein Meister der Erzählkunst. Abschließend bemerkte er, dass der Architekt Robert Diedrichs wirklich am Mordtag mit den Eheleuten Beek im Lutterbeker essen war. »Allerdings war Herr Diedrichs erst gegen 18.40 Uhr in dem Lokal«, sagte Lorentzen. Der Hauptkommissar verteilte die Aufgaben. Am Samstag sollte Meyer alle Möglichkeiten abklären, wie man schnellstmöglich von Holtenau nach Lutterbek kam. »Thomas, prüfe bitte, ob man die Strecke komplett um die Förde mit dem Auto in einer halben Stunde schaffen kann. Denk' auch an mögliche Fährverbindungen!« Kathrin sollte das Alibi von Michael Rose noch mal absichern und zudem die finanzielle Situation von Marje Andresen abchecken. »Vielleicht war sie in Geldschwierigkeiten«, vermutete Jan-Malte Christiansen. »Ich werde mir morgen mal die Ehefrau des Goldschmieds vorknöpfen«, erklärte Hauptkommissar Horst Lorentzen und verabschiedete die Kollegen mit dem Hinweis, dass er natürlich immer am Wochenende erreichbar sei. »Nur morgen zwischen 15 und 18 Uhr brauchen Sie es gar nicht erst zu versuchen!« Jeder im Raum wusste, dass morgen das Pokalspiel zwischen Holstein Kiel und Mainz 05 stattfand, doch alle verkniffen sich einen Kommentar.

Kathrin blieb noch kurz im Büro ihres Chefs und sprach den Treffpunkt für das Spiel ab. Um 14.30 Uhr wollte Johann mit den Karten vor der Haupttribüne des Kieler Holstein-Stadions sein. Lorentzen fragte, ob Sie noch auf einen Rotwein mit ins »Louf« kommen wollte. Die beiden gingen regelmäßig, so zwei- bis dreimal im Monat, zusammen aus – und wenn, dann grundsätzlich ins »Louf«! Lorentzen hatte eine Schwäche für gutes Essen und exzellenten Wein. Er fuhr regelmäßig im Frühjahr nach Cavalaire-sur-Mer in Südfrankreich in den Urlaub und hatte in seinem Haus in Heikendorf einen gigantischen Weinkeller. Das »Louf« war Café, Restaurant und Bar in einem und lag direkt an der Kiellinie. Von dort hatte man einen traumhaften Blick auf die Förde und im Sommer konnte man auf der Terrasse zwischen Schilfgräsern und vielen anderen Pflanzen sitzen und die Schiffe an der Reventloubrücke vorbeifahren sehen.

Kathrin hatte an dem Abend ohnehin nichts vor und zudem großen Hunger, so dass sie gerne mitkam.

Vor dem »Louf« waren schon die Tische für die Sommersaison aufgebaut und tatsächlich saßen schon zwei echte Nordlichter in dicken Jacken draußen und tranken unter einem gasbetrieben Wärmestrahler zwei Weizenbiere. Für Lorentzen und Kathrin war es jedoch deutlich zu frisch, sie gingen hinein und setzten sich auf zwei schöne Korbstühle an einem Holztisch am Fenster. Das Interieur wirkte hell, luftig und sommerlich. »Chef, sein Sie mir nicht böse, aber ich muss etwas essen«, gestand Kathrin. »Frau van Busche, nur zu! Sie glauben doch nicht, dass ich nur bei Rotwein bleibe.«

Kathrin bestellte ein Schweinefilet mit frischen Champignons und Gorgonzola überbacken, dazu Kroketten für 13,60 Euro. Lorentzen wählte ein gebratenes Zanderfilet an Feldsalat und Kräuter-Joghurtcreme, dazu Baguette für 12,40 Euro. Bei der Bestellung des Weins hatten die beiden generell nie Probleme. Im »Louf« hatten sie eine Stammmarke. Es war ein roter, trockener Spanier, der »Don Barosso Tempranillo Valdepenas«. Laut Karte hatte er einen intensiven Duft nach gekochten roten Früchten mit leichten Vanilletönen und eine fruchtige Art mit weichem Tannin und gut eingebundenen Holztönen.

»Mensch, Chef. Da leite ich noch nicht einmal einen Monat die Wache in Holtenau und schon passiert ein Mord. Das ist doch nicht normal«, sagte Kathrin. »So etwas ist besser als jede Theorie in der Kommissarsausbildung. Und, Frau van Busche, was ist in unserem Job schon normal?«, erwiderte Lorentzen. Die beiden plauderten noch eine Weile über den Fall und tranken dabei ein paar Gläser »Don Barosso«. Lorentzen sprach danach noch ein wenig über Fußball, bedankte sich für die Karte für das Pokalspiel und erwähnte, dass Holstein Kiel schon einmal – im Jahre 1912 – Deutscher Meister war. »Doch das ist lange her! Jetzt ist Tristesse in der Regionalliga angesagt.« Wohl genährt und leicht beschwipst verließen die beiden Beamten das Restaurant und bevor Kathrin sich verabschiedete, sagte sie noch zu Lorentzen: »Ich glaube, dass Goldschmied Mike Böhm mir irgendetwas verheimlicht!«

Pokalkrimi: Holstein spielt gegen die 05-er

Kiel-Düsternbrook, 20. März

Kathrin van Busche machte ihre Haustür einen winzigen Spalt auf, um zu schauen, ob jemand da war. Keiner zu sehen! Dann huschte die junge blonde Kommissarin wieder nur in ihrem sexy Nachthemd bekleidet zum Briefkasten und schnappte sich die »KN«. »Irgendwann erwischt mich einer! Das wird so unglaublich peinlich«, dachte sie sich wieder einmal und ging mit ihrer Zeitung in die Küche.

Die Kaffeemaschine hatte sie schon vorher angeschaltet und sie genoss es, einfach so im Nachthemd bei einem frisch gebrühten Kaffee mit einem Schuss Milch die Kieler Nachrichten zu lesen. Sie war mit ihren Gedanken bei dem attraktiven Nachbarn aus dem zweiten Stock. »Vielleicht sollte ich ihn mal einladen?«

Kathrin nahm sich die »KN« und war diesmal verwundert, dass sie auf Anhieb gar nichts zu »ihrem Fall« fand. Neben dem Hauptthema, der Krise beim Schiffsbauer HDW, war ein riesiges Foto von zwei Fußballern in blauen Trikots abgedruckt und darunter stand in großen Lettern: »DFB-Pokal: Holstein Kiel empfängt Mainz 05.« Die Polizistin durchblätterte die Zeitung, überflog die Überschriften und fand schließlich im Lokalteil doch einen kleinen Artikel zum Mordfall Juliane Schlichting.

Kieler Nachrichten, 20. März

Soko Juliane nimmt Verdächtigen fest

(rha) Die Kieler Polizei hat im Mordfall Juliane S. in der Nacht zum Freitag einen Mann in Holtenau verhaftet. Wie der Chef der Soko Juliane, Hauptkommissar

Horst Lorentzen, mitteilte, ist noch völlig unklar, ob der Verhaftete auch die Tat begangen hat. Aus diesem Grund wurden auch keine Angaben zur Identität des Mannes gemacht. Eine Nachbarin der getöteten Goldschmiedin hatte die Beamten alarmiert. Sie hatte verdächtige Geräusche in der Wohnung von Juliane S. gehört. Die Polizei war bei dem Einsatz mit über 30 Beamten vor Ort – auch ein Hubschrauber wurde eingesetzt.

Kathrin van Busche erinnerte sich an den Wutausbruch ihres Chefs. »Nun wird er bestimmt die Journalisten nicht mehr beschimpfen. Den Artikel hätte Lorentzen doch selber geschrieben haben können«, fand Kathrin. Sie trank ihren Kaffee aus, schmiss sich schnell die Klamotten vom Vortag über und ging so kurz zu Fuß zu ihrem Bäcker in der Feldstraße. Als Halbfranzösin liebte sie natürlich Croissants und bei ihrem Bäcker »Steiskal« schmeckten die Buttercroissants fast so gut wie in Frankreich. Sie bestellte gleich vier Croissants und wollte gerade schon wieder die Bäckerei verlassen, als sie auf dem Tresen die gewaltige Schlagzeile der Blitz-Zeitung entdeckte. Neben einem großen Foto von Robert Diedrichs, auf dem ein Polizeibeamter vergeblich mit seiner Lederjacke versucht, das Gesicht des Architekten bei der Festnahme in Holtenau abzudecken, stand in riesigen Lettern:

Blitz-Zeitung, 20. März
Titelseite

Ist ER der Dolch-Schlitzer von Kiel?

Großer Erfolg der Soko Juliane: Der Kieler Polizei ist in der Nacht zum Freitag offenbar der Dolch-Schlitzer von Holtenau ins Netz gegangen. Der Plöner Architekt Robert D. wurde in der Wohnung der getöteten Goldschmiedin Juliane S. gefasst. Die bildschöne Frau war mit einem Dolch brutal ermordet worden. Alles zum Großeinsatz in Holtenau auf Seite 7.

Kathrin verstand die Welt nicht mehr. Sie kaufte in der Bäckerei noch die Blitz und ging zurück in ihre Wohnung in der Wrangelstraße. Sie wusste, was passieren würde, wenn sie jetzt direkt Lorentzen anrufen würde. Deswegen frühstückte die Blondine zunächst gemütlich mit ihrem Kaffee, ihren Croissants und ihren zwei Zeitungen, duschte sich dann in aller Ruhe und machte sich für den Tag zurecht. »Schließlich kommt ja heute Nachmittag Johann und da will ich nicht wie ein zweitklassiges Flittchen aussehen, sondern wie eine Königin!« Danach rief sie Lorentzen an: »Moin, Chef. Ich habe mir just in diesem Moment die Blitz-Zeitung gekauft. Haben Sie sie schon gelesen?« »Nein. Die lese ich normalerweise auch gar nicht. Warum?« »Holen Sie sich heute mal die Blitz«, riet Kathrin. »Danke. Werde ich machen«, meinte Lorentzen. Fünf Minuten später rief Hauptkommissar Horst Lorentzen alle Mitglieder der Soko Juliane an: »Wir treffen uns außerplanmäßig heute um 11 Uhr in meinem Büro. Bitte sein Sie pünktlich!«

Kathrin hatte bis zur Sondersitzung der Soko noch knapp 30 Minuten Zeit. Sie hatte sich ja bereits geduscht und geschminkt und trug schon ihren schicken, grauen Hosenanzug und ihre coolen roten Puma-Turnschuhe. Die Polizeibeamtin rief deswegen noch rasch beim Tennisclub SC Kohleck in Wiesbaden an. Der Mitarbeiter am Telefon konnte sich zwar an den Namen Michael Rose erinnern, er war jedoch an dem Abend am 17. März nicht in der Tennishalle. Er konnte jedoch anhand des Dienstplanes feststellen, dass ein gewisser Benno Lübbe am Mordabend am Empfang saß und gab der Kommissarin bereitwillig Lübbes Telefonnummer. Sie rief prompt bei Lübbe privat an und fragte nach Michael Rose. »Ja, klar kann ich mich an Mike erinnern. Der ist jeden Dienstag da«, erklärte Lübbe. »Michael Rose wird Mike genannt?«, fragte Kommissarin van Busche erstaunt. »Ja – den kennt jeder hier im Verein nur als Mike.« »Und Herr Rose hat auch letzten Dienstag bei Ihnen Tennis gespielt?« »Ja, klar! Letzten Dienstag hat er den Armin Winkelbach ganz schön abgezogen. Ich glaube, der hat in dem ganzen Match nur zwei oder drei Spiele gemacht«, bestätigte Lübbe. Kathrin van Busche bedankte sich für die Information und hakte in ihrem Notizbuch den roten Eintrag unter Michael Rose ab.

Danach sah sie in ihrem Büchlein noch unter dem Namen von Marje Andresen den roten Vermerk »Bei Tino im Finanzamt anrufen«. Die Polizeibeamtin hatte jedoch keine Zeit mehr und zudem hätte sie ihren alten Schulfreund dort am Samstag ohnehin nicht erreicht. So fuhr Kathrin dann mit ihrem blauen Rennrad zur Kriminalpolizeidirektion in der Blumenstraße.

Samstag, 11 Uhr. Dicke Luft im Büro des Chefs. Lorentzen hatte die Blitz-Zeitung so auf den Tisch gelegt, dass alle die Titelseite mit der Zeile »Ist ER der Dolch-Schlitzer von Kiel?« sofort von weitem gut lesen konnten. Auf dem alten Sofa hockten Jan-Malte Christiansen und Kommissar Thomas Meyer. Kathrin setzte sich zu ihrem Chef auf den einen der beiden unbequemen Sessel. Dr. Niels Hinrichs und Dr. Uwe Leiendecker waren nicht anwesend. Lorentzen entschuldigte sich für das spontane Meeting und war sichtlich bemüht, seine Wut im Zaum zu halten. »Die Blitz-Zeitung hat wieder einmal fast mehr Informationen als wir!«, stellte er trocken fest. »Sind wir denn einfach schlechte Polizisten? Oder haben wir vielleicht eine undichte Stelle in der Soko?«, fragte er, obwohl er genau wusste, dass er auf seine rhetorischen Fragen keine Antwort erhalten würde. Jetzt wurde der Hauptkommissar ein wenig deutlicher: »Keiner kannte den Namen von Robert Diedrichs. Wir haben den Namen bewusst nicht an die Presse gegeben. Woher kennt die Blitz nun die Details?«

Alle schwiegen. Jeder in der Runde wusste, dass Lorentzen sauer war und keiner wollte ihn in dieser Situation provozieren. »Was man jetzt auch sagt, es ist falsch«, dachte sich Kathrin und hielt lieber auch den Mund. Schließlich war es Pressechef Jan-Malte Christiansen, der versuchte, ein wenig abzuwiegeln: »Herr Lorentzen, Sie mögen ja über die Journalisten denken, was sie wollen – und vielleicht über die Blitz-Reporter noch etwas ganz anderes denken. Aber: Die Leute recherchieren selber gut – und die von der Blitz sogar verdammt gut.« »Von uns würde auch keiner gegenüber der Blitz so was ausplaudern, Chef«, kam Kathrin Jan-Malte sofort zur Hilfe.

Lorentzen schaute skeptisch. »Horst, so schlecht ist unser Gehalt ja nun auch nicht, dass wir den Aasgeiern von der Blitz Infos zustecken müssten«, meinte zudem Meyer, der der einzige in der ganzen Kriminalpolizeidirektion war, der den Chef duzen durfte. Lorentzen schaute weiterhin skeptisch, merkte aber, dass er vielleicht ein wenig über das Ziel hinausgeschossen war. »Boulevard ist vielleicht nicht jedermanns Sache, aber die Blitz macht das auf ihre Art wirklich gut. Sonst wären die auch gar nicht so erfolgreich«, ergänzte Christiansen.

Kathrin van Busche merkte, dass ihr Chef langsam ruhiger wurde und nutzte auf ihre frische, unbekümmerte Art und Weise die Chance, um von dem Thema abzulenken. »Ich habe übrigens das Alibi von Michael Rose nochmals überprüft. Das ist absolut wasserdicht. Arbeitskollegen, der Tennispartner und der Typ vom Tenniscenter bestätigten seine Angaben.« Lorentzen reagierte nicht auf Kathrins Ablenkungsmanöver, merkte aber, dass er nun irgendetwas sagen musste, um die Sondersitzung aufzulösen: »Entschuldigung, Jungs. Entschuldigung, Frau van Busche. Ich glaube, dieses Meeting am Samstag war völlig unnötig. Tut mir leid«, meinte Lorentzen etwas geknickt. »Ach, macht doch nichts, Horst. Ich hätte ohnehin aufstehen müssen. Schließlich muss ich heute noch mal testen, wie schnell so ein Dienstwagen von Holtenau nach Lutterbek sein kann«, sagte Meyer mit einem dicken Grinsen im Gesicht. Dann verabschiedeten sich alle und die Sondersitzung der Soko Juliane war damit beendet. Kathrin düste mit ihrem Hightech-Rennrad vor dem Fußballspiel noch mal zu sich, machte aber unterwegs noch einen Zwischenstopp in der Holtenauer Straße – für eine doppelte Portion Pommes mit Curry-Ketchup!

Schon auf dem Westring ging absolut nichts mehr. Kathrin war heilfroh, dass sie bequem mit dem Rad zum Kieler Holstein-Stadion fahren konnte. Obwohl das Stadion nur 13.500 Zuschauer fasste, standen bereits an der Autobahnausfahrt, am Westring und in der Projensdorfer Straße Auto an Auto. »Wo die wohl alle parken wollen«, überlegte Kathrin. Es war kalt, aber zum großen Fußballtag zeigte sich Kiel von seiner sonnigen Seite.

Johann und Asmus standen schon vor der Haupttribüne, als Kathrin vor dem Stadion ihr Rennrad anschloss. Zur Begrüßung gab es von »ihren beiden Männern« erst mal eine herzliche Umarmung, von Johann dazu einen Kuss. »Wo steckt denn Lorentzen«, fragte Johann. »Ich muss langsam meinen Laptop aufbauen und will vor dem Spiel noch mal kurz runter. Vielleicht erwische ich Klopp noch.« »Wen erwischst du noch?«, fragte Kathrin. »Klopp, Jürgen Klopp – das ist der Trainer von Mainz 05«, erklärte Asmus seiner Tochter. Johann gab den beiden die drei Karten, damit er schon ins Holstein-Stadion gehen konnte und seine Vorbereitungen für seinen Job auf der Pressetribüne vornehmen konnte. Kathrin und Asmus warteten noch auf Hauptkommissar Horst Lorentzen. Kathrin van Busche war bislang nur einmal mit Johann zu einem Heimspiel von Mainz 05 mitgekommen, da sie sich nicht sonderlich für Fußball interessierte. Damals spielten die 05-er gegen Dortmund und sie war von der tollen Stimmung im Mainzer Bruchwegstadion überwältigt gewesen. Zudem hatte Johann sie auch nach dem Spiel mit zur Pressekonferenz genommen, was eigentlich gar nicht erlaubt war. Das fand Kathrin natürlich klasse!

»Ich wusste gar nicht, dass auch Kiel so viele Fans hat«, meinte Kathrin verwundert. Kathrin und Asmus van Busche wurden langsam nervös, da das Spiel in zehn Minuten anfangen sollte und sich zudem lange Schlangen vor den Eingängen zum Stadion bildeten. »Kathrin, normalerweise kommen zu Holstein-Spielen auch nicht so viele Fans. Aber heute ist DFB-Pokal-Halbfinale!«, sagte Asmus und schaute auf die Uhr: »Wo bleibt bloß dein Boss?« »Geh' du sonst schon rein, Papa. Ich warte auf Lorentzen«, sagte Kathrin, als sie plötzlich von hinten auf die Schulter gefasst wurde. »Sorry, dass ich so spät komme. Aber selbst mit dem Taxi gibt es hier so gut wie kein Durchkommen. Ich bin die letzten zwei Kilometer zu Fuß gelaufen«, meinte Lorentzen, der völlig außer Atem war. Dann stürmten die drei sofort los in das Stadion zur Haupttribüne in den Block B.

Das Holstein-Stadion war eine alte, baufällige Arena. Hier war absolut nichts von den modernen Fußballtempeln zu spüren, die in Hamburg, München, Berlin, auf Schalke oder sonst wo in der Republik zur Fußball-Weltmeisterschaft 2006 hochgezogen wurden. Die Hauttribüne hatte nur 925 überdachte Sitzplätze, die Vortribüne nur 590 unüberdachte. Ansonsten gab es im weiten Rund ausschließlich Stehplatztribünen, die noch von anno dazumal zu sein schienen. In einem modernen, dunkelroten Bau neben der Haupttribüne waren das Wirtshaus »Holsteiner« und ein Reha-Zentrum untergebracht. Das Stadion war bis auf den letzten Platz ausverkauft. Rechts von der Haupttribüne befand sich der Mainzer Block M. Rund 2.000 Fans waren aus Rheinland-Pfalz mit ihren rot-weißen Fahnen in den hohen Norden gekommen. Der Rest des Holstein-Stadions war fest in Kieler Hand.

»Wieso schreien die denn für Berlin? Ich denke hier spielt Kiel gegen Mainz«, sagte Kathrin. »Die schreien nicht für Berlin, die singen: Berlin, Berlin, wir fahren nach Berlin. Weil das Pokalfinale in Berlin stattfindet«, erläuterte Lorentzen seiner Kollegin. »Frauen und Fußball«, ergänzte Asmus und verdrehte dabei leicht die Augen. Daraufhin bekam er von Kathrin erst mal eine gewischt. Der Stadionsprecher gab die Aufstellungen bekannt. Kiel spielte mit Henzler im Tor, Sandmann, Molata, Boy und Tutas in der Verteidigung, Kühne, Breitenreiter, Hansen und Lindemann im Mittelfeld und im Sturm mit Würll und Dobry. Jeder der Holstein-Spieler wurde bei der Ansage durch die Fans im Stadion frenetisch gefeiert. Der Stadionsprecher nannte den Vornamen »Im Tor bei Holstein Kiel: Simon….« Das ganze Stadion schrie dann laut den Nachnamen: »HENZLER!« Die Mainzer Mannschaft wurde dagegen einfach und schnell verkündet: Wache im Tor, Nikolic, Friedrich, Noveski und Weigelt in der Abwehr, Gerber, Kramny, Babatz und da Silva im Mittelfeld und im Sturm spielten der Amerikaner Casey und Auer.

Der Schiedsrichter pfiff das Spiel an. Die »Störche«, wie die Kieler wegen ihrer roten Stutzen auch genannt wurden, begannen sehr nervös. Viele Fehlpässe, viele Fouls. »Wer ist denn wer?«, stellte Kathrin die nächste kluge Frage. Asmus schaute zu ihr rüber, verkniff sich diesmal aber einen Kommentar. »Mainz spielt in rot, Holstein wie immer mit blauen Trikots, weißen Hosen und roten Stutzen«, antwortete Lorentzen, der ein großer Holstein-Fan war, sich aber meistens über »das miese Gekicke« in der Regionalliga ärgerte. Mainz 05 hatte nun mehrere gute Möglichkeiten. Ein Freistoß von Babatz ging in der 23. Minute an den Pfosten. Nach einem Eckball von da Silva erzielte Auer schließlich per Kopfball in der 38. Minute die verdiente 1:0-Führung für die Rheinhessen. »Oh, Mann! Holstein hat ja absolut keine Chance«, schimpfte Asmus. »Wenn die so weiter spielen, dann wird's ganz bitter«, stimmte ihm Lorentzen zu. Obwohl die Elf vom Mainz-Trainer Jürgen Klopp vor der Pause noch zwei klare Tormöglichkeiten durch Friedrich und erneut Auer hatte, blieb es beim 1:0. Zur Halbzeit gingen Asmus, Lorentzen und Kathrin zur Würstchenbude und Kathrins Chef gab drei Bratwürste mit Senf und drei Warsteiner aus.

Nach der Pause traute man seinen Augen kaum. Der Kieler Coach Frank Neubarth musste seinen Spielern in der Kabine wohl ordentlich die Leviten gelesen haben. Plötzlich war Holstein am Drücker. Einen ersten Warnschuss von Breitenreiter konnte der Mainzer Torwart Wache allerdings sicher parieren. »Holstein spielt richtig gut«, freute sich nun Asmus van Busche. »Breitenreiter und Molata haben auch schon in der Bundesliga gespielt. Die können was«, meinte Lorentzen, der nun ganz stolz auf »seine Störche« war. »Ich finde den Mainzer Verteidiger da in der Mitte am hübschesten«, sagte Kathrin und zeigte mit ihrem Finger auf ihn. »Das ist Manuel Friedrich. Vielleicht kann dir Johann ja ein Date besorgen. Johann hat doch täglich mit denen zu tun«, scherzte Asmus. »Sehr witzig, Papa!«, sagte Kathrin etwas beleidigt. »Ist auch völlig egal, wie die aussehen, die sollen Fußball spielen«, meinte schließlich Lorentzen. In der 64. Minute erzielte Pavel Dobry nach einem schönen Doppelpass am rechten Flügel mit Würll den Ausgleich für Holstein Kiel. Lorentzen und Asmus sprangen vor Freude in die Luft und rissen die Arme in die Höhe. Das Stadion kochte.

Nun wurde das Spiel zu einem offenen Schlagabtausch. Mainz' Trainer wechselte, er brachte Teinert für den bis dahin glücklosen Angreifer Casey. Kurz darauf stand der eingewechselte 05-Stürmer gleich im Blickpunkt: Gerber hatte Teinert glänzend auf der rechten Außenseite frei gespielt, der marschierte allein aufs Kieler Tor zu und wurde dann brutal vom Holstein-Verteidiger Boy an der Strafraumgrenze umgegrätscht. Schiedsrichter Merk eilte zu dem Ort des Fouls und entschied ohne zu zögern: Rote Karte für Boy und direkter Freistoß für Mainz aus 17 Metern Entfernung! Schock und absolute Stille bei den Kieler Fans.

Aus dem Fanblock der Gäste dröhnte es dagegen: »Bumm, Bumm, Babatz – Bumm, Bumm, Babatz«. Der schussgewaltige Mittelfeldspieler lief erneut zum Freistoß an und traf erneut den Pfosten! Kiel setzte sofort zum Konter an: Hansen spielte zu Breitenreiter, Breitenreiter zu Würll und der zog aus 20 Metern ab, drosch den Ball aber übers Mainzer Tor in den Kieler Himmel. »Bei Holstein stehen übrigens zehn Deutsche auf dem Platz. Nur Dobry ist ein Tscheche«, erklärte Lorentzen, den es vor Spannung nicht mehr auf seinem Platz hielt. Mainz machte ordentlich Druck, es waren aber nur noch sechs Minuten zu spielen. Einen Kopfball von Auer konnte Holstein-Keeper Henzler zur Ecke abwehren. Vor einen Schuss von da Silva schmiss sich in letzter Sekunde Molata, der daraufhin erneut einen Konter der Kieler einleitete. Kühne sprintete über den halben Platz, spielte dann zu Breitenreiter, der im Strafraum der Mainzer zum Dribbling gegen Noveski ansetzte und dann zu Boden ging. Das Publikum hielt den Atem an. Schiedsrichter Merk entschied auf Elfmeter für Holstein! Mitten in dem Moment klingelte Kathrins Handy.

»Van Busche«, meldete sich Kathrin. Das Stadion tobte und Kathrin konnte die Frau schlecht verstehen. »Ja Hallo, ich hätte gerne Frau Busche gesprochen – bin ich da richtig?« Die ältere Dame am anderen Ende der Leitung hatte ‚Busche' richtig schön lang gezogen norddeutsch ausgesprochen und Kathrins »Van Busche« gar nicht verstanden. Auf dem Platz lief der Mainzer Kapitän Friedrich erbost auf den Schiedsrichter zu, Noveski und Wache beschwerten sich ebenfalls lautstark über den Elfmeter-Pfiff. Kathrin van Busche mochte das Norddeutsche, aber bei der Aussprache ihres französischen Namens »à la plattdeutsch« reagierte sie leicht genervt. »Ja, die ist am Apparat. Van Busche. Das stammt aus dem französischen und wird »Büsch« ausgesprochen«, erklärte die Kommissarin. Schiedsrichter Merk verwarnte den Mainzer Kapitän Manuel Friedrich mit der gelben Karte. »Ach, Frau Kommissarin, das ist gut, dass ich Sie erreiche! Hier ist Erika Jensen am Apparat – die Nachbarin der getöteten Goldschmiedin. Was ist denn bei Ihnen für ein Krach im Hintergrund?« Kommissarin Kathrin van Busche erklärte kurz, dass sie beim Fußball war und fragte: »Was gibt es denn, Frau Jensen?« Es war die 89. Spielminute: André Breitenreiter lief zum Strafstoß an, verlud 05-Torwart Wache und schob den Ball cool ins untere rechte Eck. »TOOOOOR«, schrie Lorentzen – Asmus sprang ihm in die Arme. »HOLSTEIN«, brüllte Kathrins Vater überglücklich. Kathrin selbst verlor in dem ganzen Jubelrausch fast ihr Handy. Das Stadion war nun ein Hexenkessel in den blau-weiß-roten Farben von Holstein Kiel. Man konnte kaum sein eigenes Wort verstehen, geschweige denn telefonieren. »Entschuldigung, Frau Jensen. Hier ist gerade ein Tor gefallen«, meinte Kathrin und fragte: »Wen haben Sie gesehen?« »Hallo, Frau Kommissarin. Hören Sie mich?«, antwortete Rentnerin Erika Jensen und grölte dann ins Telefon: »Ich glaube, ich habe den Mörder gesehen!«

Erinnerungen von Rentnerin Jensen

Holstein-Stadion in der Wik, 20. März

Kommissarin Kathrin van Busche sagte Frau Jensen am Telefon, dass sie »SOFORT« bei ihr in Holtenau vorbei kommen würde. Sie versuchte Lorentzen zu informieren, doch der zitterte bei einem Angriff der Mainzer in der Nachspielzeit des Pokalspiels so mit »seinen Störchen« mit, dass er nicht ansprechbar war. Einen Teinert-Schuss konnte Holstein-Torwart Henzler gerade noch zur Ecke abwehren. Kathrin verabschiedete sich von Asmus und Lorentzen und als sie ging, drehte sie sich im Stadion noch einmal kurz um, ihre blonden langen Haare schwangen dabei mit der Bewegung mit. Sie blickte mit ihren braunen Augen zu Lorentzen und sagte mit einem frechen Unterton: »Ich muss sofort los. Dienst ist Dienst und Schnaps ist Schnaps.« Die beiden schauten kurz verwundert, ihre Blicke konnten sich aber nicht richtig von dem Mainzer Eckball von da Silva trennen. Kiels Verteidiger Sandmann köpfte das Leder aus dem Strafraum – aus dem Hintergrund schoss Babatz: Pfosten!

Als Kathrin am Stadion ihr Rennrad aufschloss, hörte sie im Stadion laute Jubelschreie. Holstein Kiel hatte das Pokalspiel gegen den Bundesligisten Mainz 05 sensationell mit 2:1 gewonnen. Da die Massen noch im Holstein-Stadion waren, hatte Kathrin van Busche freie Fahrt: Sie nahm den Schulredder bis zur Holtenauer Straße und fuhr dann geradewegs über die Schleusenstraße zur kleinen Personenfähre. Die »Adler I« steuerte auf sie zu und machte an dem Wiker Ufer des Nord-Ostsee-Kanals fest. Der Kapitän grüßte wie immer freundlich aus seinem signalroten Ausguck. Die Kommissarin grüßte zurück, schob ihr Rad auf die grün-weiße Fähre und genoss die kurze Schiffstour an der frischen Luft. Kathrin stellte sich bei der Fahrt fast immer nach draußen und schaute von dort auf die Holtenauer Schleusen und die dahinter schimmernde Kieler Förde. Nur bei ganz miesem Wetter setzte sie sich in den warmen, beheizten Bootsinnenraum. Auf dem Kanal herrschte reger Betrieb: Der

Kapitän umschiffte ein Segelboot, die Marina aus Laboe. Ein Schnellboot der Marine war unterwegs und zudem fuhr gerade ein großes Containerschiff aus der Schleuse.

Die Polizistin benutze die Fähre täglich mindestens zwei Mal, da sie auf ihrer normalen Strecke von Düsternbrook zu ihrer Polizeiwache in Holtenau lag. »Ich habe den schönsten Arbeitsweg auf der Welt«, freute sich Kathrin. Zudem war die Fähre gratis. Kaiser Wilhelm hatte den Kanal von 1887 bis 1895 für 156 Millionen Goldmark bauen lassen und so auch die Kieler Stadtteile Wik und Holtenau voneinander getrennt. Als Ausgleich für die Bevölkerung wurden dann umsonst Fähren, Tunnel und Brücken entlang des Kanals bereitgestellt. So wurde der 98,6 Kilometer lange Nord-Ostsee-Kanal zur meist befahrenen künstlichen Wasserstraße der Welt – und Kathrin konnte jederzeit kostenlos mit der »Adler I« übersetzen.

Die Kommissarin schob ihr blaues Rennrad von der Fähre und radelte die paar Meter zum roten Backsteinhaus in der Jägerallee 18 hinauf. Vom Fenster im ersten Stock schauten bereits Erika und Horst Jensen, wie die Kommissarin ihr Rad abstellte. Kathrin van Busche klingelte und wurde sofort hineingelassen. Die Rentnerin Erika Jensen war überaus nervös und bat die Kommissarin ins Wohnzimmer. Sie setzten sich in das voll gestellte, dunkle Wohnzimmer. Kathrin fand vor allem die dunkelbraune Holzvertäfelung ganz schrecklich, doch das tat nun wirklich nichts zur Sache. Frau Jensen hatte Kaffee und ein paar Kekse auf den Wohnzimmertisch gestellt und Kathrin ließ sich gerne eine Tasse Kaffee einschenken.

Horst und Erika Jensen saßen auf dem dunkelgrünen, alten Sofa, Kathrin auf dem dazu passenden Sessel. »Also, Frau Jensen, was haben Sie genau gesehen?«, fragte die Kommissarin. »Ich glaube, dass ich den Mörder gesehen habe«, sagte Erika Jensen mit überzeugter Stimme. Kathrin nahm einen Schluck Kaffee und schaute zu ihr mit ihren großen braunen Augen fragend hinüber. »Also, ich schaue häufiger einfach mal so aus dem Fenster hinaus. Was sich so auf der Straße tut«, erklärte die Rentnerin. »Und als wir letztens nachts den großen Einsatz der Polizei hatten, da war der Mord wieder voll in unserem Bewusstsein. Wir hatten ja noch ihre Visitenkarte, Frau von Busche – und dann sind mir plötzlich diese Bilder wieder in den Kopf gekommen.« Erika Jensen hatte diesmal Kathrins Nachnamen richtig ausgesprochen. »Was für Bilder?«, die Polizistin war gespannt, sie saß auf glühenden Kohlen. »Ich habe vor dem Mord zweimal einen Mann an der Laterne vor unserem Haus gesehen«, sagte die alte Dame. »Er hat vor der Laterne etliche Zigaretten geraucht und von da aus wohl die Wohnung von Juliane Schlichting ausspioniert!«

Kommissarin Kathrin van Busche stellte ungeduldig ihre nächste Frage: »Konnten Sie den Mann erkennen?« »Es war schon spät am Abend und ich habe leider nicht mehr die besten Augen. Ich glaube aber, dass er ein großer, kräftiger Mann war. Er hatte eine schwarze Wollmütze auf und trug einen langen dunklen Mantel.« »Konnten Sie sein Gesicht sehen?«, fragte Kathrin. »Nein, leider nicht! Dafür war es schon zu dunkel und – wie schon erwähnt – ich habe nicht mehr die besten Augen«, meinte Erika Jensen. »Was macht Sie so sicher, dass der Mann der Mörder ist?«, wollte Kathrin weiter wissen. »Ich kenne die Leute hier in der Gegend. Der Mann ist mir noch nie aufgefallen! Und wer raucht schon pausenlos Zigaretten vor unserer Laterne?«, fragte die Rentnerin und ergänzte: »So schön ist die Laterne nun auch wieder nicht. Ich bin mir sicher, dass der Mann Juliane Schlichting ermordet hat!« Kathrin van Busche musste der Rentnerin Recht geben: »Was hatte der Typ vor dem Haus gesucht?« Sie überlegte kurz, ging dann in den Flur und rief Dr. Niels Hinrichs an.

»Hinrichs«, meldete sich der kleine Kriminalchemiker mit seiner piepsigen Stimme. »Niels, ich bin's Kathrin. Kannst du bitte sofort nach Holtenau kommen? Wir haben von der Nachbarin der Toten einen ganz wertvollen Hinweis erhalten«, sagte Kathrin ganz aufgeregt. »Was für einen Hinweis?«, fragte Dr. Hinrichs erstaunt. Kathrin erklärte kurz, dass Erika Jensen vermutlich den Mörder an der Laterne vor dem Haus gesehen hat. »Kathrin, ich bin gleich da!«, piepste Hinrichs daraufhin sofort in den Hörer und ergänzte mit seinem irren Lachen: »Du weißt doch, Kathrin: Für Tote tue ich alles! Soll ich mein Vergrößerungsglas mitbringen?« »Hör' auf mit dem Quatsch, Niels! Es ist wirklich dringend. Vielleicht kannst du noch Spuren von dem Mann finden«, meinte Kathrin energisch. Die Kommissarin wusste, dass auf Hinrichs absolut Verlass war. Er war zwar ein verrückter Winzling, der vermutlich das langweiligste Privatleben auf der ganzen Welt hatte, aber im Job war er einfach spitze! Kathrin setzte sich wieder zu dem Ehepaar Jensen ins Wohnzimmer und war in Gedanken bei Hinrichs. Sie wusste von ihm eigentlich nur, dass er seinen weißen Kittel über alles liebte, häufig sogar noch nachts arbeitete und irgendwie einen Dachschaden hatte.

Privat kannte sie so gut wie nichts von ihm. Das Einzige, was ihr einfiel, war sein Hund. Er besaß einen schwarzen Pudel, den er ab und zu trotz eines offiziellen Verbotes mit in sein Labor brachte. Er hieß »Miti« – Hinrichs hatte seinen Pudel schon vor ewiger Zeit nach einer Umweltaktivistin aus Kenia benannt. Wangari Maathai war in dem afrikanischen Land eine Heldin und wurde dort »Mama Miti«, Mutter der Bäume, genannt. Später wurde sie dann grüne Politikerin und vor kurzem hatte sie sogar den Friedensnobelpreis gewonnen. Manchmal frisierte Hinrichs den Pudel »Miti« auch mit grünen oder blauen Schleifchen. »Der Typ ist echt unglaublich«, dachte sich Kathrin wieder einmal. »Wie ist das Spiel denn eigentlich ausgegangen«, fragte plötzlich Horst Jensen. »Wie bitte? Ach so, das Pokalsspiel. Ich habe es zwar nicht mehr ganz zu Ende gesehen, aber anscheinend hat Kiel 2:1 gewonnen. Das Tor habe ich noch gesehen, als Sie mich angerufen haben, Frau Jensen«, meinte Kathrin. »Das ist ja Wahnsinn!«, freute sich der Rentner und seine Augen leuchteten dabei. »Erika, ihr braucht mich ja hier nicht mehr, oder? Ich geh' mal rüber zu Harald – Sportschau gucken«, sagte Horst Jensen zu seiner Frau, holte aus dem Kühlschrank noch zwei Bier und war ruckzuck verschwunden. Kathrin von Busche war ganz schön verwundert. Wir klären hier vielleicht gerade einen Mord auf und der haut zu seinem Nachbarn ab. »Wieso interessieren sich denn eigentlich alle so für Fußball?«

Hinrichs fuhr mit seinem kleinen, schwarzen VW-Lupo TDI vor und ergatterte direkt vor dem Haus in der Jägerallee einen Parkplatz. Diesmal schauten Kathrin van Busche und Erika Jensen aus dem Fenster und als sie sahen, wie Hinrichs einparkte, gingen sie gleich runter auf die Straße. Die Kommissarin stellte der Rentnerin den Kriminalchemiker vor, wobei Frau Jensen ein wenig verwundert über Hinrichs Äußeres schien. »Welche Laterne war es genau, Frau Jensen?«, fragte der Polizist mit seiner für ihn typischen Mickymaus-Stimme. Die ältere Dame zeigte den beiden Beamten die Laterne, die ein wenig links versetzt vom Haus stand. Dr. Niels Hinrichs holte aus seinem Auto einen schwarzen Koffer mit seinen Arbeitsutensilien und zog sich seinen weißen Kittel und Plastik-Handschuhe an. »Meinst du, dass man nach so langer Zeit noch Fußspuren finden kann?«, fragte Kathrin van Busche ihren Kollegen. Hinrichs grübelte und inspizierte die Straßenlaterne, sagte jedoch zunächst nichts. Der Boden in dem Fußgängerbereich der Jägerallee war asphaltiert und so kamen bei Kathrin Zweifel auf, ob man überhaupt irgendwelche Abdrücke finden könnte. Und zudem: Vielleicht war der gesuchte Mann auch nur so ein Spinner! Oder Frau Jensen hatte nur schlecht geträumt!

Kathrins Handy klingelte: »Guten Tag, Frau van Busche. Ich habe es eben bereits bei Herrn Lorentzen probiert, aber da geht keiner ans Handy«, erklärte Dr. Uwe Leiendecker und redete gleich weiter drauf los: »Da ja der verhaftete Architekt, Herr Diedrichs, den Mord nun doch noch nicht gestanden hat, bin ich heute - am Samstag - doch noch mal in die Gerichtsmedizin zur Obduktion der Leiche gefahren.« Leiendecker betonte dabei das Wort »Samstag« besonders, da er normalerweise am Wochenende nicht arbeiten musste. Kathrin war ganz und gar mit Rentnerin Jensen, Kriminalchemiker Dr. Hinrichs und den möglichen Spuren vor der Laterne beschäftigt und dachte im Moment gar nicht, dass Leiendecker sie im Mordfall weiter bringen konnte. »Ja und? Was gibt's Neues«, fragte sie etwas unwirsch. »Ich habe wegen der Schwangerschaft weitere Untersuchungen vorgenommen – sehr unüblich für mich! Dabei habe ich festgestellt, dass Juliane Schlichting in der zehnten Woche schwanger war. Das bedeutet, dass das Baby Anfang Januar gezeugt worden sein muss. Vielleicht kann das ja wichtig sein!«, sagte der Gerichtsmediziner und ergänzte: »Wissen sie, warum Herr Lorentzen nicht ans Telefon geht?« »Keine Ahnung«, sagte die Kommissarin, obwohl sie bei genauerem Nachdenken über die Frage doch schon eine böse Vorahnung hatte. »Vielen Dank für die Info«, sagte Kathrin und legte auf.

Plötzlich hatte Hinrichs etwas entdeckt! »Frau Jensen, hatten Sie nicht gesagt, dass der Mann geraucht hat?«, fragte er und tippelte dabei nervös mit seinen Füßen auf dem Gehweg. »Ja, er hatte die ganze Zeit zu unserem Haus hoch geschaut und dabei viele Zigaretten gequalmt«, bestätigte die Rentnerin. Kathrin kam zu den beiden und schaute gespannt zu Hinrichs hinüber. Neben der Straßenlaterne lagen Zigarettenstummeln! Der kleine Kriminalbeamte holte eine Pinzette und einen kleinen Plastikbeutel aus seinen Koffer und nahm einen Stummel nach dem anderen auf und legte sie behutsam und vorsichtig in den durchsichtigen Beutel. Insgesamt hatte er kurz darauf drei Zigarettenkippen in seinem Beutel – allesamt ohne Filter. »Die Zeit mag vergehen, aber der genetische Abdruck bleibt«, sagte Hinrichs stolz. »Wenn der Mann tatsächlich der Mörder ist und er tatsächlich diese Zigaretten geraucht hat, dann haben wir vielleicht jetzt seine DNA!« Rentnerin Jensen war verblüfft: »Sie wissen jetzt, wer Frau Schlichting umgebracht hat!?« »Nein, das wissen wir noch nicht«, sagte der Chemiker rasch. »Aber wir würden dann die unverwechselbare menschliche Erbsubstanz von dem Täter, die DNA, ermitteln können«, erklärte Hinrichs und ergänzte mit seiner piepsigen Stimme: »Der Code des Lebens vergeht nie!«

Dr. Niels Hinrichs packte seinen Koffer zusammen, verabschiedete sich von Erika Jensen und ging zu seinem zu ihm passenden kleinen Auto. »Wann wirst du Ergebnisse vorliegen haben?«, wollte Kathrin wissen. »Das wird bestimmt eine lange Nacht werden. Ich werde dich einfach morgen früh anrufen«, meinte er. »Allerdings liegen die Zigaretten wahrscheinlich schon eine ganze Weile hier rum. Mal schauen, ob ich überhaupt noch Spuren entdecken kann.« Kommissarin van Busche wollte sich gerade bei Hinrichs bedanken und ihn verabschieden, als ihr plötzlich eine ganz merkwürdige Frage durch den Kopf ging. »Ach so, Niels. Ich hab' noch was – etwas, dass mit dem Mord gar nichts zu tun hat«, rutschte es Kathrin auf einmal raus, als Hinrichs sich schon in den Lupo gesetzt hatte. »Ja, was denn?«, fragte Hinrichs interessiert. «Warum hast du deinen Pudel eigentlich ‚Miti' genannt?« »Ich hatte mal eine Reportage über Mama Miti in der taz gelesen und war von der Frau so richtig beeindruckt.«, meinte Hinrichs und so kam mir der Gedanke: »Schwarzer Pudel – schwarze Frau!«

Kathrins Handy piepte - eine SMS von Johann: »Sind in der Pupille. Soll ich schon ein Weizen bestellen?« Die Kommissarin bedankte sich bei Rentnerin Jensen für die »hervorragende Hilfe« und fuhr mit ihrem blauen Koga-Miyata-Rennrad los. Als sie wieder auf der Fähre war, schickte sie die Antwort: »Bitte darum!« Sie gab Vollgas und nahm den Fahrradweg auf dem Westring, auf dem man ordentlich Tempo machen konnte. Sie missachtete die rote Ampel an der Uni, düste einfach über die Eckernförder Straße und war tatsächlich zwölf Minuten später in der Studentenkneipe am Südfriedhof. Das Hefeweizen stand trotzdem schon auf dem Tisch!

Johann, Asmus und Lorentzen saßen links in der Ecke am Fenster und begrüßten Kathrin lautstark. »Auf Holstein!«, prostete Lorentzen ihr zu. Johann küsste sie überschwänglich ab und Asmus bestellte noch drei Bier. Die Kommissarin entschied spontan, das Dienstliche auf morgen früh zu verschieben! »Forever Kiel, forever Kiel«, summte Asmus, der völlig beglückt mit Hauptkommissar Lorentzen schunkelte. Die Pupille hatte sonnengelbe Wände, rot-braune Holzstühle und -tische, und ein gemaltes, überdimensionales blaues Auge am Tresen begrüßte den Gast. Die Kneipe war gut besucht: Ein älteres Pärchen Marke »Ewig-Studenten« saß am Nachbartisch, zwei junge Studentinnen hatten ihren Hund mitgebracht und flirteten mit zwei jungen Business-Typen in Anzügen mit Schlipsen am Nebentisch. Ein älterer Uni-Dozent war mit einer jungen, attraktiven Studentin unterwegs, zwei Paare im mittleren Alter hatten ihre vier tobenden Kids nicht mehr unter Kontrolle und in der anderen Ecke des Lokals saß eine Gruppe von Holstein-Fans, die auf den Sieg ein Bier nach dem anderen tranken.

»Wir nehmen auch noch drei Cola-Whiskey!«, sagte Lorentzen, als die Bedienung mit dem blonden Zopf vorbei kam. Sie war schlank und groß, hatte ein Muttermal auf der Nase und zeigte szenemäßig ihren Bauch. Kathrin bestellte »Überbackene Champignons in Käse-Sahne-Soße«. Dazu gab es in der Pupille immer ein Fladenbrot, das Kathrin abgöttisch liebte. Das selbst gemachte Brot wurde im Holzbackofen ganz frisch zubereitet. Die Jungs hatten bereits ordentlich einen im Tee und diskutierten die entscheidende Szene des Spiels. »Das war ein ganz klarer Elfer«, lallte Asmus. »Wenn das einer war, dann bin ich der Kaiser von China!«, widersprach Johann entschieden. Als Lorentzen noch drei Cola-Whiskey orderte, beschloss Kathrin, ihre drei Männer danach mit Asmus' Wagen nach Hause zu fahren. Zum Abschluss bestellte sie für sich noch einen Milchkaffee und schaute Johann verträumt in seine glasigen blauen Augen. Danach zahlten die vier bei der bauchfreien Bedienung mit Zopf und verließen die Pupille.

Trotz anfänglicher Schwierigkeiten fand Asmus in der Saarbrückenstraße seinen Audi. Als Ersten fuhr Kathrin ihren Vater nach Kitzeberg, danach ihren Chef nach Heikendorf. »Wir hätten die Mainzer auch ohne den Elfer geschlagen«, verabschiedete sich Lorentzen und torkelte zu seinem kleinen, schmucken Häuschen. Kathrin van Busche brachte auch Johann sicher zu sich nach Düsternbrook und der angetrunkene Sportreporter legte sich danach sofort in ihr großes Doppelbett: »Alleine dreimal Pfosten – das ist doch nicht normal!«, sagte Johann. »Und der Elfmeter war ja geradezu lächerlich!« Kathrin feuerte ihre roten Turnschuhe in die Ecke und zog langsam ihren grauen Hosenanzug aus. »Ich wäre einfach zu gerne mit den Mainzern zum Finale nach Berlin gefahren«, ärgerte sich Johann und schaute, wie zuerst die Jacke und dann die Anzughose zu Boden glitt. Er sagte nichts mehr. Dann fiel auch ihr Body zu Boden und Kathrin van Busche verführte ihren Freund nach allen Regeln der Liebeskunst.

DNA-Analytik am Zigarettenstummel

Kathrins Wohnung in Düsternbrook, 21. März

Am Sonntagmorgen holte Kathrin schon um kurz nach acht Uhr frische Brötchen von ihrem Bäcker »Steiskal«. Sie war in der Nacht mehrfach wach geworden und hatte bereits um 6.30 Uhr mit Hinrichs telefoniert. Der Kriminalchemiker hatte wieder einmal die Nacht in seinem Labor verbracht, aber bislang noch nichts entdeckt. Die Kommissarin legte sich noch kurz zu Johann ins Bett, trank zwei Kaffee und aß ein Brötchen mit Erdbeermarmelade. Sie berichtete nun von ihrem spannenden Fund der Zigarettenstummeln am Tatort und den Erinnerungen von Rentnerin Jensen. Johann war fasziniert: »Warum hast du denn gestern nichts davon erzählt?«, fragte er erstaunt. »Na, ihr hättet euch gestern mal in der Kneipe sehen sollen«, meinte Kathrin. »Bei dem Alkoholkonsum ist es ohnehin ein Wunder, was dann noch so alles geklappt hat«, sagte sie mit einem verschmitzten Lächeln auf den Lippen. »Eigentlich wollten wir uns heute Nachmittag mit meinen Eltern in Kitzeberg treffen. Asmus will die Grillsaison eröffnen. Aber ich weiß noch nicht, was heute noch so alles passiert.« Johann hatte immer großes Verständnis für Kathrins Arbeit: »Mach' du erst mal deinen Job. Mich wirst du ohnehin nicht vor Dienstag los! Mein Chef hat mir nämlich zwei freie Tage bewilligt. Wenn es bei dir mit dem Grillen nicht klappt, dann werde ich allein zu Asmus und Nelly fahren.« Kathrin van Busche gab ihrem Liebsten einen dicken Kuss auf den Mund und fuhr dann mit Asmus' silbernen Audi A4 sofort in die Kriminaldirektion.

Ganz unten im Keller des mächtigen historischen Backsteingebäudes war das Labor von Dr. Niels Hinrichs. Normalerweise arbeiteten dort vier Kriminaltechniker unter Hinrichs Anleitung, doch heute waren nur der Chef und sein Hund Miti da. »Moin, du Nobelpreisträger«, begrüßte Kathrin den schwarzen Pudel. »Ach, habe ich den auch schon bekommen? Ich komme bei den ganzen Preisen ganz durcheinander«, antwortete

Hinrichs und schaute von seinem Mikroskop hoch. »Ich spreche nicht mit dir, sondern mit Miti! Hast du schon was?«, fragte die Kommissarin neugierig. Der 1,61 Meter kleine Kriminalchemiker untersuchte konzentriert mit dem Spezialmikroskop etwas, was mit bloßem Auge nicht sichtbar war: »Sieht gar nicht so schlecht aus. Willst du auch mal gucken?«, sagte Hinrichs. Kathrin schaute durch das Mikroskop und erkannte viele blaue, grüne und gelbe kurze Striche auf einem schwarzen Streifen mit laufenden Zahlen: »Sieht ja aus, wie ein Strichcode an der Ladenkasse«, meinte Kathrin. »Ist aber ein isolierter Speichelrest von einem Zigarettenstummel, den wir gestern gefunden haben!« »Du hast es? Bingo!«, Kathrins braune Augen leuchteten vor Glück – sie sprang Hinrichs in die Arme. »Moment, Moment! Es sieht wirklich sehr gut aus, aber du musst mich noch ein wenig arbeiten lassen, Kathrin!« Niels Hinrichs bot Kathrin an, dass sie solange ein paar ähnliche Fälle nachlesen könne. Er hatte heute Nacht einige Polizeiakten zusammengesucht, die seiner Meinung nach in dem Mordfall hilfreich sein konnten.

Kathrin nahm den Ordner, den Hinrichs mit »Juliane Schlichting – Zigarettenstummel« bezeichnet hatte und stöberte in den Akten. In einem wegen seiner Brutalität bundesweit für Aufsehen sorgenden Fall führten menschliche Muster auf zwei Zigarillokippen zum Täter. Der Mann hatte in einer Kinderarztpraxis in Heidelberg den 61-jährigen Arzt, seine Frau und die Arzthelferin mit Handschellen an die Heizung gefesselt und dann der Reihe nach eiskalt umgebracht. Sein Fehler: Er hatte im Treppenhaus die seltene Billigmarke Braniff geraucht. Die Polizei überprüfte daraufhin in einer groß angelegten Aktion Braniff-Raucher am Kiosk und hatte Erfolg: Der Mörder wurde durch eine Speichelprobe überführt! In einem anderen Fall halfen Spezialisten vom Landeskriminalamt in Stuttgart der Mordkommission in Lübeck. Zwei Jahre lang hatten die Norddeutschen vergebens versucht, einen Mord an einem Rentner-Ehepaar aus Schwarzenbek aufzuklären. Auf einem Papiertuch fanden die auf dem Feld der DNA-Analyse europaweit als führend geltenden Schwaben winzige Hautpartikel. Der Mörder hatte im Badezimmer seine Hände gewaschen und das blutverschmierte Papiertuch zurück gelassen. Das wurde ihm bei einer Überprüfung von 700 Männern aus der Nachbarschaft zum Verhängnis.

Kathrin van Busche war fasziniert: »Werden unsere Zigarettenstummel uns auch weiter helfen?«, fragte sie sich. Hinrichs schaute weiter konzentriert in sein Spezialmikroskop, Miti lag faul vor seinen Füßen rum. Kathrin las weiter: In einem spektakulären Mordfall an einer jungen Bauzeichnerin im Landkreis Tübingen konnten die Ermittler Sperma auf einem Leintuch entdecken. Der Täter hatte die Frau vergewaltigt und sie anschließend ermordet. Zwei Zeugen hatten in der Nähe des Tatorts einen Porsche mit Münchner Kennzeichen gesehen. Die Polizei überprüfte daraufhin in einem lang dauernden Verfahren 7000 Porsche-Fahrer, die sich einem Speicheltest unterziehen mussten. Bei der Nummer 1250 der Liste der Verdächtigen meldete der Computer einen Treffer. Es war der Ehemann der Putzfrau, die im Haus der Bauzeichnerin jeden Samstag das Treppenhaus reinigte.

Hinrichs machte eine kurze Pause. Er holte aus der kleinen Küchenecke zwei Kaffee und kam zu Kathrin hinüber: »Ist spannend, oder?« »Ja absolut! Ich glaube ich könnte stundenlang hier weiter schmökern«, meinte die blonde Polizeibeamtin. Sie holte sich für ihren Kaffee aus der Küche noch einen Schuss Milch und setzte sich zu dem kleinen Chemiker in seinem weißen Kittel. Hinrichs hatte noch einen ganzen Stapel an Papieren unter seinem Arm. »Ich hatte gestern meinen Kollegen in ganz Deutschland eine E-Mail geschickt und nach ähnlichen Fällen gefragt«, erklärte er und reichte Kathrin einen Artikel. »Die meisten Sachen sind nicht so interessant. Den hier hat mir aber ein guter Freund aus Frankfurt gefaxt. Ist zwar kein spektakulärer Fall, aber wirklich witzig!« Kathrin nahm den Bericht, der bei T-Online veröffentlicht wurde. Das erkannte die Kommissarin an der Internet-Adresse. Sichtlich amüsiert las Kathrin van Busche den Frikadellen-Fall.

Polizei überführte Serieneinbrecher durch Gentest an Frikadelle

Mit einem Gentest an einer Frikadelle hat die Frankfurter Polizei einen Serieneinbrecher überführt. Der Dieb sei im Januar in eine Bäckerei eingedrungen und habe zehn Frikadellen, Käse und weitere Lebensmittel gestohlen, erklärte die Polizei am Dienstag. »Weil ihn angesichts der Leckereien noch vor Ort offenbar ein regelrechter Heißhunger überfiel, biss er unverzüglich in die nächste Beute-Frikadelle. Beim Essen habe den 43-Jährigen dann jedoch ein weiteres menschliches Bedürfnis ereilt, worauf er den angebissenen Fleischkloß leichtsinnig auf der Firmentoilette liegen gelassen habe.

Polizisten hätten das Beweisstück später sichergestellt und der Gerichtsmedizin übergeben, die den Klops schließlich dem Landeskriminalamt zum Gentest überlassen habe. »An der Boulette fanden sich Speichelspuren, die sich eindeutig dem alten Bekannten Franz R., seines Zeichens Serieneinbrecher, zuordnen ließ«, hieß es in der Mitteilung der Polizei unter der Überschrift »Die Wissenschaft hat festgestellt, dass Frikadelle DNA enthält«. Der Frikadellen-Fall sei als das 87. Ermittlungsverfahren gegen den Mann registriert worden. »Lange suchen mussten die Beamten nach Franz R. nicht: Zurzeit sitzt er in der JVA Weiterstadt ein – wegen Einbruchs.«
(Reuters)

Plötzlich tauchte Lorentzen im Labor der Kriminaldirektion auf. »Oh, Frau van Busche, Sie sind auch schon da. Hervorragende Arbeit! Das ist ja ein Ding: Zigarettenstummel«, lobte der Hauptkommissar und stellte gleich die entscheidende Frage: »Herr Dr. Hinrichs, liegt die DNA schon vor?« »Ja, wir haben sie!«, antwortete der Kriminalchemiker mit seiner piepsigen Stimme stolz. Der Pudel Miti hatte seinen Schlafplatz verlassen und wedelte Lorentzen freudig entgegen. Kathrin warf ihren Artikel einfach in die Luft, stürmte auf den kleinen Hinrichs los und nahm den Chemiker in seinem weißen Kittel fest in ihre Arme: »Du bist einfach großartig, Niels!« Hinrichs wurde rot im Gesicht, so viel Lob und vor allem so engen Körperkontakt zu Frauen war er nicht gewohnt. Er befreite sich ungeschickt aus der Umarmung und erklärte, dass er den genetischen Fingerabdruck nun noch in digitaler Form abspeichern müsse.

»Sehr gut. Ausgezeichnet. Das ist ja spitze!«, auch Lorentzen war hin und weg. Der Chemiker hatte seinem Chef am Morgen auf die Mailbox seines Handys gesprochen. Hauptkommissar Horst Lorentzen hatte sofort reagiert: Er hatte Meyer mit einem Experten aus Hinrichs' Truppe losgeschickt, um Speichelproben zu nehmen. »Wir nehmen von allen Verdächtigen Proben – natürlich zunächst auf freiwilliger Basis«, sagte Lorentzen, stellte jedoch gleich darauf unmissverständlich fest: »Die sind jetzt so oder so dran!« Meyer war bereits beim Goldschmied Mike Böhm und bei dem Architekten Robert Diedrichs. »Die Speichelproben haben wir schon!« Marje Andresen musste als nächste Spucke lassen. »Was ist mit dem Ex-Freund aus Wiesbaden?«, fragte Kathrin ganz aufgeregt. Auch daran hatte Lorentzen gedacht. Ein Team vom Landeskriminalamt in Wiesbaden war bereits unterwegs. »Die DNA von Michael Rose bekommst du heute Abend per E-Mail zugeschickt«, meinte der Chef der Soko Juliane ganz lässig.

Hinrichs ging in einen anderen Raum, um die DNA des Zigarettenstummels auf einem Hochleistungscomputer zu digitalisieren. Lorentzen holte Kathrin und sich selbst aus der Küche noch einen Kaffee und setzte sich mit ihr an den kleinen Tisch im Labor. »Tja, Frau van Busche. So ist das manchmal. Die wahren Helden bei der Polizei sind die Wissenschaftler der Kriminaltechnik.« Kathrin nahm einen Schluck des heißen Getränks und seufzte: »Hinrichs hat nicht mal eine Pistole!« »Und im Kampf Mann gegen Mann ist er bei seiner Körpergröße auch nicht der Beste«, ergänzte der Hauptkommissar und grinste übers ganze Gesicht. »Na ja, wenn alles optimal läuft, dann können wir morgen groß vor die Presse treten!«

Kathrin überlegte kurz, und fragte dann ihren Chef. »Was glauben Sie: Wer war's?« Lorentzen fasste sich an sein Kinn und grübelte. »Schwer zu sagen. Ich tippe auf den Goldschmied oder Marje Andresen. Ich habe irgendwie im Gefühl, dass der Architekt unschuldig ist.« Kathrin trank ihren Kaffee aus und verabschiedete sich von ihrem Chef, von Hinrichs und vom Pudel Miti. »Jetzt heißt es ohnehin nur Warten«, meinte Lorentzen. Der Kriminalchemiker sagte, dass er hofft, die Ergebnisse am Abend vorliegen zu haben.

Kathrin holte Johann mit dem silbernen Audi Avant aus der Wrangelstraße ab und fuhr mit ihm zu ihren Eltern nach Kitzeberg. Sie parkte den Wagen in dem mit Efeu überwucherten Carport neben Nellys Käfer ein. Der Himmel war einfach nur grau in grau und Nieselregen wechselte sich mit heftigen Regenschauern ab. »Grillen kann Asmus wohl abhaken«, meinte Johann. Es roch nach feuchtem Waldboden und Kathrin und Johann wurden selbst von den paar Metern vom Carport zum sonnengelben Holzhaus schon von dem Regen nass.

Nelly begrüßte Johann überschwänglich: »Schön, dass du mal wieder hier in Kiel bist!« Asmus schien von gestern noch leicht angeschlagen zu sein und hatte »bei dem Schietwetter« auch selbst alle Hoffnungen auf Bratwürste und Lachssteaks begraben. Nelly deckte dafür im Wohnzimmer am großen Esstisch eine Kaffeetafel auf. Sie hatte eine Käsetorte gebacken und aus der Küche roch es nach frischen Waffeln. »Habt ihr schon von Kathrins Erfolg gehört«, fragte Johann. »Nein, was denn?«, antworte Nelly neugierig und servierte die noch duftenden, warmen Waffeln. Asmus hatte bereits gestern mit Lorentzen über den Mordfall gesprochen, doch er und Kathrin berichteten Nelly nie etwas von der polizeilichen Arbeit. Kathrin blickte leicht genervt zu Johann rüber, musste nun aber reagieren: »Ein Kriminalchemiker aus unserer Abteilung hat vielleicht DNA-Spuren des Mörders entdeckt. Kann sein, dass der Mordfall Juliane Schlichting nun aufgeklärt wird«, sagte sie. »Ich dachte, du hast mit dem Fall gar nichts zu tun!«, meinte Nelly nun sichtlich besorgt. »Mach' dir keine Sorgen, Mutti. Habe ich auch nicht! Er hat nur so Zigarettenstummel in Holtenau gefunden und deswegen war ich auch dabei.« Kathrin schaute nun wütend zu Johann rüber, der versuchte, mit seinen blauen Augen stumm »Entschuldigung« zu sagen. Asmus lobte die Waffeln, die er mit einer Kugel Vanilleeis und Schlagsahne verfeinert hatte. »Ja, ist alles super lecker!«, stimmte ihm Johann bei. Kathrin war in ihren Gedanken noch ganz und gar im Labor von Hinrichs. Sie verspeiste ebenfalls eine Waffel, träumte aber am Wohnzimmertisch mit offenen Augen von dem DNA-Strichcode des Mörders. Die Sonne kam plötzlich durch eine kleine Lücke in den Wolken zum Vorschein und die vier machten einen kleinen Gang durch den nassen, aber wunderschön im Kiefernwald gelegenen Garten. Johann berichte von seiner Arbeit bei der Mainzer Allgemeinen: »Der Aufstieg von Mainz 05 war wirklich der Wahnsinn. Was da los war! Ist wirklich schade, dass sie gestern nicht gewonnen haben.« Asmus widersprach prompt: »Ist doch irre, dass Holstein im Finale ist. Mann, das ist für Kiel wie ein Sechser im Lotto!« Aus dem Haus hörten die vier ein Telefon. Kathrins Handy! Die Kommissarin lief blitzschnell ins Wohnzimmer und drückte gespannt auf den grünen Kopf. Hinrichs war dran und gab die unglaublichen Ergebnisse des DNA-Vergleichs durch: »Mike Böhm – negativ! Robert Diedrichs – negativ! Marje Andresen – negativ! Michael Rose – ebenfalls negativ!«

Zugriff in Lech am Arlberg

Lech in Österreich, 22. März, 0.07 Uhr nachts

Das Hotel »Adler Palma« lag im traumhaft schönen Ortsteil Zug, gleich oberhalb der Kirche von Lech am Arlberg. Es war bitterkalt und stockduster. Die Männer der österreichischen Sondereinheit »Cobra« verschanzten sich hinter den schneebedeckten Bäumen, hinter der anliegenden Holzhütte oder hinter den zwei verschneiten Autos am Hang und warteten auf das Zeichen. Es waren rund 20 Mann, alle verbargen mit ihrer Einsatz-Kleidung ihre Gesichter: Sie trugen einen dunkelgrünen Helm, eine schwarze Gesichtsmaske und eine Schutzbrille. Auf ihrer dunkelgrünen Panzerweste stand die schlichte Aufschrift »Polizei«. Einsatzleiter Arnold Stattmann lag auf dem eiskalten Boden hinter einem schneebedeckten blauen VW Golf und wartete auf einen günstigen Zeitpunkt. Er zog sich seine hellgrünen Handschuhe über und holte seine Pistole aus dem Holster. Viele seiner Spezialisten waren mit Maschinenpistolen bewaffnet. Auf einmal kam der Mond hinter den dunklen Wolken hervor und sorgte im weißen Schnee für ein wenig Sichtweite. Stattmann kniete sich hin, hob kurz seine linke Hand und ließ sie blitzschnell wieder hinter dem Golf verschwinden.

Die Operation »Ukrainer« hatte begonnen. Vier Männer der Spezialeinheit stürmten vom Waldstück am oberen Hang auf den Hintereingang des Hotels zu. Acht schwer bewaffnete Polizisten rannten zum Haupteingang des »Adler Palma«. Drei Scharfschützen der Einheit »Cobra« hielten ihre Positionen; sie waren mit Nachtsichtgeräten und Präzisionsgewehren ausgestattet und sollten so eine mögliche Flucht der Zielperson verhindern. Die zwei Männer hinter der kleinen Holzhütte rückten nach und sicherten den Haupttrupp am Eingang des Hotels ab. Einsatzleiter Stattmann verschanzte sich hinter dem blauen Golf und beobachte von dort mit einem Nachtsichtgerät den Einsatz. Im Gebäude teilte sich der Haupttrupp auf: Zwei Beamte mit Maschinenpistolen stießen in den Keller in den Sauna- und Fitness-Bereich vor. Vier der schwer bewaffneten Männer stürmten das Restaurant und befehlten: »Alle auf den Boden!« Die zwei anderen Polizisten drangen in den ersten Stock des Gebäudes vor. Ihr Ziel: Zimmer 113. Aus dem Keller drangen Schreie nach oben. Zwei nackte Frauen liefen hysterisch durch den Sauna-Bereich. Der eine der Männer im ersten Stock rannte mit aller Gewalt die Tür des Zimmers 113 ein – sein Kollege sicherte ihn mit einer Maschinenpistole ab: Keiner zu sehen, aber das Fenster stand sperrangelweit offen!

»Halt! Stehen bleiben, Polizei«, schrie der Scharfschütze, der sich hinter der kleinen Holzhütte am Hang positioniert hatte. Der kräftige Mann rannte durch den Schnee um sein Leben, drehte sich kurz um und feuerte mit seiner Waffe in Richtung der Hütte. Die Kugel schlug nur 30 Zentimeter neben dem Beamten im Holz ein! Der Flüchtende versuchte den Skilift »Zugerbergbahn« zu erreichen, der nur rund 150 Meter vom Hotel entfernt war. Der Scharfschütze zielte durch sein Nachtsichtgerät und schoss zurück. Vorbei! Nun war der Mann nur noch rund 30 Meter von dem Skilift entfernt. Der Scharfschütze feuerte erneut und traf den Mann am rechten Oberarm! Er schrie laut auf, schleppte sich aber noch mit schmerzverzerrtem Gesicht hinter die Mauer der »Zugerbergbahn«.

Einsatzleiter Stattmann reagierte und zog seine Leute von dem Hotel ab. Die vier Polizisten, die den Hintereingang des »Adler Palma« gesichert hatten, liefen den Hang hinauf und versuchten im geschützten Waldstück auf die Höhe der Sesselbahn zu kommen. Zwei Beamte liefen zunächst zu der kleinen Holzhütte zu dem Scharfschützen. Zwei weitere schlugen sich zu den Autos zu Stattmann durch. Erneut fiel ein Schuss! Eine Kugel traf einen Mann der Spezialeinheit, als er gerade von dem kleinen Holzschuppen weiter nach vorn vordringen wollte. Beinschuss! Der Beamte blieb im Schnee liegen. »Geben Sie auf! Sie haben keine Chance«, gab Stattmann mit einem Megaphon durch. Wieder ein Schuss! Nun traf eine Kugel den Kotflügel des blauen Golfs.

Inzwischen hatten sich zwei Polizisten durch den Wald zur Hinterseite »Zugerbergbahn« durchschlagen können. Sie schlichen vorsichtig um das Gebäude. Einer der beiden blickte kurz achtsam hinter eine gemauerte Ecke des Sesselliftes: Er sah den Mann! Der am Arm verletzte Ukrainer hatte sich hinter einer Mauer verschanzt und zielte mit seiner Pistole in die andere Richtung. Der Beamte von der Spezialeinheit trat hervor und zielte konzentriert mit seiner Maschinenpistole auf ihn; er hatte den Finger am

Abdruck: »Wenn du nur zuckst, dann durchlöchere ich dich wie ein Sieb!« Keine Regung! Kein Zucken! Der zweite Beamte kam ihm zur Hilfe, nahm dem Mann die Waffe ab und legte ihm Handschellen an.

Die Beamten führten die Zielperson ab und versorgten ihre Schussverletzung notdürftig. Der kräftige Ukrainer wurde in einem Bus der Gendarmerie nach Innsbruck zur Bundespolizeidirektion gebracht, wo er verhört werden sollte. Arnold Stattmann ging nach dem erfolgreichen Einsatz zunächst zu seinem verletzten Kollegen, der einen glatten Durchschuss im Oberschenkel erlitten hatte und bereits ärztlich versorgt wurde. »Viel Glück, Anton! Mach', dass du schnell wieder auf die Beine kommst«, sagte Stattmann und wünschte seinem Beamten gute Besserung. Danach ging der Einsatzleiter der Spezialeinheit ins Hotel »Adler Palma« und durchsuchte das Zimmer 113. In einem schwarzen Rucksack fand Stattmann 17.500 Euro in bar, eine blaue Warmhaltekanne, zwei Platin-Eheringe, ein Saphir-Smaragd-Collier mit Diamanten, eine Brosche, ein Brillant-Armband, eine echte Perlenkette und ein Fleischermesser mit einer 27 Zentimeter langen Klinge.

Mörder geschnappt – wer ist der Täter?

Düsternbrook, 22. März

Kathrin van Busche schaute einen winzigen Spalt durch ihre Haustür. Niemand da! Sie huschte in den Hausflur zu ihrem Briefkasten – natürlich nur in ihrem halbdurchsichtigen, blauen Nachthemd. Plötzlich kam jemand von oben! Der Schlüssel des Postkastens klemmte und die Beamtin fluchte: »Mist, der Sport-Student!« Kathrin stand mitten im Hausflur, hielt sich die Zeitung vor ihre Brüste und bekam wie aus dem Nichts ein knallrotes, gut durchblutetes Gesicht. Der gut gebaute Zweimetermann kam fröhlich pfeifend die Treppe hinunter. »Moin«, sagte er wie selbstverständlich. »Guten Morgen«, antwortete die hübsche Blondine und lächelte dabei verkrampft. Ihr Nachbar ging weiter, drehte sich dann aber an der Haustür doch noch um und sagte feixend: »Schönes Nachthemd!«

Kathrin flüchtete mit den Kieler Nachrichten in die Wohnung. »Es musste ja so kommen! Wie unendlich peinlich!!!«, verdammte sie sich selbst und war in Gedanken bei ihrem Nachbarn: »Eigentlich ein ganz hübscher Kerl. Und was für ein Body!« Sie holte aus der Küche zwei Kaffee. Johann lag noch im Bett. »War was?«, fragte er. »Nein, nein, nichts. Ich habe nur die KN geholt.« Die beiden machten es sich im großen Doppelbett gemütlich, tranken einen Schluck Kaffee und teilten sich die Zeitung. Johann nahm sich den Sportteil vor, Kathrin den Regionalteil. Vom Mord an Juliane Schlichting war heute nichts zu finden. Johann las interessiert den großen Bericht »Holstein Kiel schafft die Sensation« und meinte nur trocken: »Bei den KN könnte ich auch anfangen – die schreiben gut, aber auch nicht besser als ich.« Es klingelte an der Haustür. »Mein Nachbar!«, erschrak sich Kathrin. Sie lief schnell ins Bad und zog sich ihren dunkelblauen, kuscheligen Bademantel über. Ihr Handy piepte – eine SMS. Die Polizeibeamtin schnappte sich auf dem Weg zur Wohnungstür ihr Mobiltelefon und las dabei parallel die SMS von Hinrichs: »Wir haben den Mörder! Soko-Treffen um 10 Uhr.« Kathrin war gleich doppelt geschockt:

»Es gab doch eine DNA-Übereinstimmung?« Und 10 Uhr! Es war schon 9.34 Uhr. Sie machte die Haustür auf und bekam gleich den nächsten Schrecken: Goldschmied Mike Böhm stand vor der Tür!

»Entschuldigen Sie den Überfall, Frau Kommissarin, aber ich muss Sie dringend sprechen!«, erklärte der dicke Böhm, der in feinem Zwirn erschienen war. »Tut mir leid, Herr Böhm, das ist gerade ganz schlecht!«, meinte Kathrin und hielt dabei die Haustür weiter halb geschlossen. »Es ist aber wirklich sehr wichtig!« Kathrin van Busche versuchte noch einen Termin am Nachmittag auszuhandeln, ließ den Goldschmiedemeister schließlich aber doch in die Wohnung. Sie machte die Tür zum Schlafzimmer dicht und setzte sich mit Böhm in die Küche. »So, dann aber zackig«, sagte die Kommissarin. »Was gibt's?« »Frau van Busche. Ich habe Ihnen etwas verheimlicht«, meinte Mike Böhm und druckste verlegen ums Thema herum. »Herr Böhm, worum geht's?«, meinte Kathrin und schaute nervös auf die große Küchenuhr: 9.39 Uhr. »Also, das mit der Speichelprobe - das war ein echter Schock für mich und meine Frau!«, erklärte Böhm. »Meine Frau hat große Angst, dass ich ins Gefängnis komme. Und jetzt will ich reinen Tisch machen!« Die Polizistin dachte sich im Stillen: »Oh, mein Gott! Jetzt gibt's ein Geständnis am Küchentisch. Und ich gehe als Bademantel-Kommissarin in die Kriminalgeschichte ein.« Kathrin blieb jedoch cool und sagte schlicht: »Dann legen Sie mal los, Herr Böhm!«

Der Goldschmied kam zur Sache: »Das mit Hamburg – mit dem Alibi. Ich war da so knickknackmäßig unterwegs. Sie wissen schon.« »Knickknack? Nein, ich weiß nicht, was Sie meinen, Herr Böhm«, entgegnete die Kommissarin verwundert. »Na ja, wenn ich in Hamburg bin, dann fahre ich auch immer gerne mal nach St. Pauli.« »Sie waren im Puff!«, rutschte es Kathrin raus. »Also gut, ich war zur Tatzeit bei Rosi in der Herbertstraße. Das ist ein Entspannungssalon«, erklärte Böhm, der nun anfing, heftig zu schwitzen. Er reichte der Kommissarin eine Visitenkarte. »Rosi höchstpersönlich kann das bezeugen.« »Danke, Herr Böhm. Wir werden das überprüfen«, meinte die Kommissarin und begleite den Goldschmiedemeister hinaus. An der Tür bat Böhm noch, die Angelegenheit vertraulich zu behandeln: »Bitte sagen Sie meiner Frau nichts!«

Es war 9.53 Uhr. Kathrin sprang ungeduscht in ihre Klamotten, nahm ein Haargummi und machte sich einen Zopf. »Ich hasse Zöpfe«, fällte Kathrin vor dem Spiegel ein vernichtendes Urteil, aber in der Eile war keine andere Frisur mehr hinzukriegen. »Tschüss, Johann«, meinte sie und düste mit ihrem Rennrad zur Kriminaldirektion. Asmus hatte die beiden am Sonntag noch nach Hause gefahren und auf dem Weg hatten sie das Rad von der Pupille abgeholt und hinten in seinem Kombi transportiert.

Kathrin holte sich auf dem Weg ins Kommissariat 1 noch einen Kaffee am Automaten. Der Saal war gerammelt voll. Sie hatte den Eindruck, dass alle Mitarbeiter der Kriminaldirektion da waren und so war es ihr besonders peinlich, als sie neun Minuten zu spät erschien. Links saß der Kern der Soko Juliane: Pressechef Jan-Malte Christiansen, der kleine Dr. Niels Hinrichs, Kommissar Thomas Meyer und Dr. Uwe Leiendecker. Kathrin setze sich zu Jan-Malte. In der Mitte saßen die vier Mitarbeiter von Hinrichs Truppe und eine große Gruppe der Schutzpolizei um Polizeiobermeister Rett. Weitere Kripobeamte, Gerichtsmediziner, die versammelte Mannschaft der Presseabteilung und der leitende Staatsanwalt Holger Nolde lauschten gespannt auf der rechten Seite des Saals den Worten von Hauptkommissar Horst Lorentzen, der vorne am Rednerpult stand. Pressevertreter waren nicht anwesend.

Kathrin van Busche hatte die einleitenden Worte ihres Chefs verpasst. Lorentzen bat nun Dr. Hinrichs nach vorne. Der Kriminalchemiker berichtete von den gefundenen Zigarettenstummeln an der Laterne in Holtenau, der DNA-Analyse und von den Speichelproben der Verdächtigen. »Als der Computer dann keinen Treffer ausspuckte, war ich zunächst ratlos«, erklärte Hinrichs. Doch dann habe er einen Anruf von Werner Pflug aus Stuttgart bekommen, der eigentlich nur fragen wollte, ob »wir den Killer überführt hätten«. Pflug war Leiter der DNA-Analytik beim Landeskriminalamt in Stuttgart und kannte Hinrichs bestens aus der gemeinsamen Studienzeit. »Dann kam uns die Idee«, sagte Hinrichs. Der Kieler Chemiker schickte den genetischen Fingerabdruck per E-Mail ins Schwabenland und Pflug ließ an einem Hochleistungsrechner die DNA mit der Datenbank für DNA-Profile von Interpol abgleichen. Werner Pflug galt europaweit als führender Kopf auf dem Gebiet und war Mitglied der Pariser »Interpol DNA Monitoring Expert Group«. Um 20.43 Uhr meldete der Computer in Stuttgart dann den Treffer: Petr Kwadolski, genannt »der Ukrainer«. Der in Kiew geborene Mann stand schon dreimal unter Mordverdacht, man konnte ihm aber nie etwas nachweisen.

»Doch diesmal haben wir ihn geschnappt!« ergriff Lorentzen stolz das Wort. Die österreichische Bundespolizei observierte Kwadolski wegen eines Mordfalls in Salzburg seit längerer Zeit, Fahnder hatten ihn in Lech am Arlberg aufgespürt. Hauptkommissar Horst Lorentzen berichtete von der dramatischen Polizeiaktion der Sondereinheit »Cobra« und von der Festnahme des »Ukrainers« in dem österreichischen Skiort. Lorentzen informierte zum Abschluss über den Fund der Tatwaffe und des gestohlenen Schmucks und betonte: »Petr Kwadolski ist ein Auftragskiller – er hat die Goldschmiedin Juliane Schlichting mit einem Fleischermesser getötet.«

Nach der großen Inforunde traf sich der Kern der Soko Juliane in Lorentzens Büro. Kathrin und Jan-Malte Christiansen saßen auf dem alten Sofa, Dr. Niels Hinrichs und Kommissar Thomas Meyer in den beigefarbenen Sesseln. Dr. Uwe Leiendecker war in dem Rummel irgendwie abhanden gekommen. »Herr Christiansen, Sie können eine Pressemitteilung rausgeben – aber ich will sie vorher noch gegen checken!«, befahl der Chef. »Und dass eins klar ist: Wir haben den Mörder, aber noch nicht den Täter!«

Kathrin fragte, ob das Verhör mit Kwadolski etwas gebracht habe. »Ich warte noch auf einen Anruf aus Innsbruck«, erklärte Hauptkommissar Horst Lorentzen. »Den müssen die jetzt ausquetschen wie eine Zitrone«, rief Hinrichs mit seiner piepsigen Stimme. »Schließlich muss er den Auftrag ja von jemand bekommen haben!« Sie stocherten im Nebel. Christiansen fragte, wie teuer denn so ein Auftragsmord überhaupt wäre. »Gute Frage, Herr Christiansen«, lobte Lorentzen und stellte die für ihn noch interessantere Frage gleich hintendran: »Wer kann sich denn überhaupt einen Killer leisten?« Kommissarin van Busche teilte nicht die Ansicht ihres Chefs, der indirekt den vermögenden Goldschmied Mike Böhm beschuldigte: »Einige töten einen für ein Butterbrot und ein Ei und andere fordern Millionen.« Schlagartig kam Dr. Uwe Leiendecker ins Büro hineingeplatzt und sagte schnaufend: »Entschuldigung, ich habe die Blutgruppe des ungeborenen Kindes ermittelt: Es ist AB!« Alle schauten sich fragend an. Leiendecker hatte die Leiche von Juliane Schlichting obduziert und den Fötus des ungeborenen Kindes untersucht.

»Nur sieben Prozent der Menschen haben diese Blutgruppe!«, sagte der Rechtsmediziner aufgeregt und versuchte, der Soko Juliane die Mendel'schen Regeln näher zu bringen. »Wenn die Mutter Blutgruppe A hat und das Kind Blutgruppe AB, dann …« Lorentzen unterbrach ihn. »Also gut, Herr Dr. Leiendecker. Wir hatten alle Biologie. Was wollen Sie uns mitteilen?« Hinrichs kam Leiendecker zur Hilfe. »Er will feststellen, wer der Vater ist!« »Genau das wollte ich sagen«, meinte der Gerichtsmediziner. Er erklärte, dass man über die Blutgruppen schon sehr genau einen Vaterschaftstest durchführen kann. »Aber wir haben sogar die DNA von Böhm, Hinrichs und Rose!« Die Vaterschaft könne so mit einer Wahrscheinlichkeit von 99,9 Prozent nachgewiesen werden, ergänzte Leiendecker. »Also gut, dann machen Sie sich ans Werk«, meinte Hauptkommissar Lorentzen. Leiendecker und Hinrichs verließen daraufhin sofort die Soko und eilten ins Labor.

Nun waren nur noch Horst Lorentzen, Kathrin van Busche, Thomas Meyer und Jan-Malte Christiansen im Raum. »Ich werde mich auch mal an die Pressemitteilung machen«, sagte Christiansen und ging in sein Büro im zweiten Stockwerk der Kriminaldirektion. Das Telefon klingelte. Der Hauptkommissar stellte den Apparat auf Lautsprecher. Es war Arnold Stattmann von der österreichischen Bundespolizei: »Herr Lorentzen, der Ukrainer hat ausgepackt!« »Das sind ja gute Nachrichten!«, freute sich Lorentzen. Stattmann erklärte, dass ein gewisser Gianluca Baldini aus Mainz der Kontaktmann gewesen sein soll. »Wir haben schon mit den Kollegen in Mainz gesprochen. Baldini sitzt bereits in U-Haft – wegen Beihilfe zum Mord.« Lorentzen fragte nach Baldini: »Hat er etwas gesagt?« »Ja«, erklärte Stattmann. »Angeblich sollen 20.000 Euro für den Mord gezahlt worden sein. Baldini hat davon 2000 Euro ‚Vermittlungsgebühr' erhalten. Der Deal soll in der Roten Laterne in der Mainzer Altstadt über die Bühne gelaufen sein.« »Wurde ein Name genannt?«, wollte Hauptkommissar Lorentzen wissen. »Ja, der Auftraggeber hieß Mike«, antwortete der österreichische Kollege. Lorentzen bedankte sich bei Stattmann und rannte mit Kathrin van Busche und Meyer zu seinem BMW-Dienstwagen.

»Jetzt packen wir uns den Goldschmied«, sagte der Chef der Soko Juliane, schmiss das Blaulicht an und gab ordentlich Gas. Sie fuhren mit quietschenden Reifen vor der Goldschmiede am Holstentörn vor. Die drei Beamten stürmten in den Juweliersladen. Marje Andresen, Christina Roth, Meister Mike Böhm und zwei Kunden schauten völlig entsetzt. »Die Herren, die Dame, kommen sie doch bitte mit in den Hinterraum«, versuchte Böhm die Situation zu entschärfen. Die Polizisten folgten dem Juweliersmeister, der die Tür zu dem kleinen Büroraum schloss und erschüttert fragte: »Was soll denn dieser Rambo-Einsatz?« »Nun tun Sie nicht so scheinheilig. Sie haben Juliane Schlichting getötet!«, schrie

Lorentzen. »Wie bitte!«, erklärte Böhm. »Ich habe Frau van Busche bereits heute Morgen mein Alibi durchgegeben!« »Alibi, Alibi! Sie haben einen Killer beauftragt – da können Sie Ihr Scheiß-Alibi vergessen«, polterte der Hauptkommissar weiter. »Sie sind vorläufig festgenommen. Alles, was Sie sagen, kann gegen Sie verwendet werden«, erklärte Lorentzen und legte Mike Böhm Handschellen an. Die drei führten den Goldschmied aus dem Laden und verfrachteten ihn in den Polizeiwagen.

Mit Blaulicht und Goldschmied Mike Böhm an Bord fuhren sie zurück zur Kriminaldirektion. Auf Höhe des Knooper Wegs klingelte Kathrins Handy. »Hallo Kathrin, wir haben's«, sagte Hinrichs am anderen Ende der Leitung. »Es ist Böhm, oder?«, fragte die Kommissarin. »Nein, Fehlanzeige! Der Computer sagt Rose, Michael Rose – mit absoluter Sicherheit«, meinte der Kriminalchemiker. »Und da kann kein Fehler vorliegen?«, staunte Kommissarin van Busche, die nach hinten zu dem verhafteten Goldschmied schaute, ungläubig. »Nein, definitiv nicht! Michael Rose hat das Kind gezeugt.« Auf einmal fiel Kathrin wieder das Telefonat mit dem Typen vom Tennis-Center in Wiesbaden ein. »Den nennen hier im Verein alle nur Mike.« Natürlich! Mike als Abkürzung für Michael. Zudem wurde der Killer doch in Mainz beauftragt! »Chef, ich glaube, wir haben den Falschen verhaftet«, sagte sie zu Lorentzen. »Was soll der Blödsinn denn jetzt, Frau van Busche?«, sagte Lorentzen völlig verwundert.

Im Lorentzens Büro in der Kriminaldirektion klärte Kommissarin Kathrin van Busche ihren Chef über die neuesten Erkenntnisse von Hinrichs und über den Spitznamen von Michael Rose auf. Goldschmied Mike Böhm saß unterdessen in Untersuchungshaft. »Es war also Rose!«, meinte Lorentzen entsetzt. »Juliane Schlichtings Eltern hatten bei dem Typen eh kein gutes Gefühl«, murmelte er vor sich hin. Der Hauptkommissar rief die Kollegen vom Landeskriminalamt in Wiesbaden an. Eine Stunde später saß dann auch Michael Rose in der hessischen Landeshauptstadt in Untersuchungshaft. Im Verhör beantwortete er zunächst sachlich alle Fragen. Dann brachte der Kriminalbeamte in Wiesbaden das ungeborene Kind und die DNA-Analyse zur Sprache und der Ex-Freund von Juliane Schlichting brach in Tränen aus: »Sie wollte mir mein Kind nicht gönnen!«, schrie Rose. »Ich habe sie angefleht, aber sie hat mich einfach ignoriert – als ob ich ein Scheißdreck wäre!« Michael Rose hatte die Goldschmiedin bei seinem letzten Besuch im Januar in Kiel geschwängert. Er hatte die Trennung von Juliane nie überwinden können, und als auch noch das Kind dazukam, war für ihn eine Welt zusammengebrochen. Eine Gegenüberstellung des Kontaktmanns Gianluca Baldini mit Michael Rose brachte die letzte Gewissheit: Michael Rose hatte in der »Roten Laterne« in Mainz einen Killer beauftragt. Die 20.000 Euro für den Mord hatte Rose aus seiner gut laufenden Firma »Deko Rose & Schneider« abgezwackt.

Kommissarin Kathrin van Busche setzte sich auf ihr blaues Rennrad und fuhr zu sich nach Düsternbrook. »Im Kühlschrank zu Hause liegen noch zwei Hoegaarden«, dachte sich die hübsche Polizistin. Die Sonne schien endlich mal wieder über Kiel. Und was gibt es Schöneres, als im Bett mit Johann ein schönes belgisches Weizenbier zu trinken?

BOD Regional

Weitere Titel BOD Regional

Rolf Axel Jochum: Rache

ISBN 3-8334-3555-0, Pb, 276 S., EUR 14,90

Der Richter einer Strafkammer wird auf seinem Abendspaziergang hinterrücks erschlagen. Hauptkommissar Bonrath von der Darmstädter Kripo geht von einem Racheakt aus. In die Ermittlungsarbeiten hinein platzt ein zweiter Mordanschlag auf dem Parkplatz eines Nobelbordells. Die Spuren führen in die Justizvollzugsanstalt Weiterstadt.

Sandra Lüpkes: Wellengang

ISBN 3-8334-0706-9, Pb, 136 S., € 8,90

Die dreizehn Krimis, die von Dorftratsch, Sturmfluten, Provinzeiern und Ehedramen zwischen Dünen und Deich erzählen, versprechen Spannung auf engstem Raum und bereichern die norddeutsche Landschaft um kleine kriminalistische Glanzlichter. Sandra Lüpkes, erfolgreiche Autorin zahlreicher Kriminalromane, brilliert auch auf der Kurzstrecke.

Jan Bergrath: Mordstheater

ISBN 3-8311-4127-4, Pb, 144 S., € 10,00

Ein Toter wird im Rheinauhafen aufgefunden. Alles deutet auf einen Unfall hin. Doch dann wird der Journalist Fink in der Wohnung des Toten von einem Maskierten niedergeschlagen. Seine Recherchen führen Ihn schließlich in die Kölner Theaterszene, wo er zusammen mit Hauptkommissar Ohlsen die merkwürdigsten Machenschaften aufdeckt.